청어詩人選 238

사람 사는
세상을
그리다

하창호 시집

도서출판
청어

사람 사는 세상을 그리다

하창호 지음

발 행 처 · 도서출판 **청어**
발 행 인 · 이영철
영 업 · 이동호
홍 보 · 천성래
기 획 · 남기환
편 집 · 방세화
디 자 인 · 이수빈 ǀ 김영은
제작이사 · 공병한
인 쇄 · 두리터

등 록 · 1999년 5월 3일
(제1999-000063호)

1판 1쇄 발행 · 2020년 6월 10일

주소 · 서울특별시 서초구 남부순환로 364길 8-15 동일빌딩 2층
대표전화 · 02-586-0477
팩시밀리 · 0303-0942-0478

홈페이지 · www.chungeobook.com
E-mail · ppi20@hanmail.net
ISBN · 979-11-5860-848-4(03810)

이 도서의 국립중앙도서관 출판시도서목록(CIP)은 서지정보유통지원시스템 홈페이지
(http://seoji.nl.go.kr)와 국가자료공동목록시스템(http://www.nl.go.kr/kolisnet)
에서 이용하실 수 있습니다.(CIP제어번호: CIP2020017630)

사람 사는 세상을 그리다

하창호 시집

시인의 말

두 번째 시집을 내면서

공무원 정년퇴직을 1년여 앞둔 2011년도에 첫 시집 『그냥 그러려니 하시지요』를 펴낸 지 어느덧 8년이 지났습니다.

첫 번째 시집을 낸 후 그동안의 열정이 한꺼번에 다 소진 되었는지 마음과는 달리 3년 가까이 글을 쓰지 못하였습니다.

꺼져가는 불씨를 가까스로 살려가며 이제 고희를 눈앞에 두고 두 번째 시집으로 다시 한 번 인사를 드리게 되었습니다.

부끄러움 속에서 펴낸 첫 시집 이후 주위의 수많은 축하와 격려는 나에게 두려움과 용기가 동시에 교차하는 놀라운 경험이었습니다.

나에게 가장 큰 용기를 주었던 말은 읽기 편하면서도 진정성이 전달되는, 잔잔한 감동을 주는 시가 좋았다는 촌평이었습니다.
저와 교감을 나눌 수 있는 분들이 계신다는 것은 더없는 행복과 감사함 자체였습니다.

이번 두 번째 시집에서도 일상에서 묻어나오는 삶의 진솔한 이야기들을 끄집어내 여러분들과 함께 나누고 싶었습니다.

오늘이 있기까지 45년 동안 내 곁을 지켜준 사랑하는 아내 윤점숙과 항상 마음으로 격려해준 세 아들(태연, 태순, 태곤), 며느리(이민희, 감정은) 그리고 존재 그 자체만으로 나에게 힘이 되어주는 손녀(휘영, 연경), 손자(재권, 현권)에게 고마움을 전합니다.

그동안 제 시를 공유한 형님, 누님과 동생들 특히 몇 편의 시를 동영상으로 제작하면서 응원해 준 자형과 형호 동생에게 고마운 마음을 전합니다.

아울러 가톨릭 신앙 안에서 만나 30년을 같이 해 온 나눔회 회원님, 친구들과 학교 선후배님들, 그리고 현재 제가 재직중인 ㈜다솔의 문순금 사장님과 박철완 부사장님, 첫 번째 시집부터 발간을 도와주신 도서출판 청어의 이영철 사장님께도 감사의 말씀을 드립니다.

끝으로 소박한 저의 시집을 읽어 주신 모든 분들게 다시 한번 깊은 감사의 말씀 드리며 귀하의 건강과 가정의 평안을 기원합니다.

차례

2부 아름다운 인생

3부 아픔의 미학

4부 산다는 것은

1부

세월의 선택

사람과 사람 사이의
보이지 않는 문은
열기도 닫기도 어려운
마음의 문이다

바보들의 유산

세상은 영리한 바보들의 전쟁터
순백純白의 바보보다
더 바보 같은 군상들

욕망으로 가득 찬 두뇌는
지혜가 빛을 잃고
핏발선 두 눈은
나를 보지 못한다

돈은 산을 올라서지 못하고
권력은 파도 타고 부서져 내리며
명예는 뜬구름 되어 흩어지는데

쌓아 놓으려 잡아 놓으려
꽃길은 수렁이 되고
발길은 늪이 된다

아직도 펴지 못한 두 주먹 사이로
차가운 조소만이 맴돌다 흩어진다

지하도시와 어머니
―터키 데린구유에 있는 고대 지하도시에서

태양을 우러러 꽃피운 역사의 뒤안길에는
그림자 속으로 파고든 지하세상이 있었다

박해를 피해 모태로 숨어 들어간 세상

면면히 보존된 생명의 발자취였다

어머니,
그곳은 나의 반쪽이
또 다른 나의 반쪽을 찾아 들어가는
당신의 깊은 몸속이었습니다

본능적인 삶의 잠행길은
거미줄처럼 뻗은 비좁은 미로였다

실오라기 햇살조차도 엉겨 붙을 수 없도록
깊숙이 파내려간 동굴을
온몸으로 더듬어 가면

작은 불씨에 어둠을 좁히며
생명이 태동하는
크고 작은 삶의 공간들이 있었다

어머니,
천신만고 끝에 하나가 된 나는
비로소 자리를 잡고
당신의 피와 살을 먹고 자랐습니다

그곳은 수많은 사람들이
서로의 숨결을 나누며 하나가 되었던
불가사의한 삶의 발효 저장고였다

지워진 필름들을 현상해 내는
거대한 암실이었다

어머니,
그곳은 위대한 자궁이었습니다
어둠을 품어 빛을 잉태한
기적의 산실이었습니다

그곳은 지상으로 이어지는 질긴 탯줄이었다
뿌리 깊은 나무가 되어 꽃을 피워냈다

어머니,
당신에게서 완전한 생명이 된 나는
이제 다시 세상 밖으로 나설 채비를 하였습니다

어둠 속에서 숨죽인 지하도시는
절망의 늪이 아닌
희망이 공존하는 삶의 터전이었다

그곳은 원초적인 어머니의 품속이었다

문 앞에서

세상은 문으로 열리고
문으로 닫힌다

눈에 보이는 문과
보이지 않는 문으로

사람과 사람 사이의
보이지 않는 문은
열기도 닫기도 어려운
마음의 문이다

나를 열어 세상을 열고
나를 닫아 세상을 가두는

내가 문을 열고 나가면
세상은 따뜻해지고
거칠게 닫아 걸면
세상은 싸늘해진다

오늘도 열릴 듯
열리지 않는
무심無心을 채찍질 해본다

세상살이를 여는 문들이
두드리면 열리는
소통이었으면 좋겠다

인연이었으면 더욱 좋겠다

발레리나

살얼음이 깨질까 봐
하얀 나비가 된다

무대의 꼭짓점에서
반짝이는 별이 된다

종종대는 발끝으로
꿈을 부르고
가녀린 손끝으로
꿈을 펼친다

가락진 젊음을
한 점에 모으고
음률에 몸을 실어
무대를 휘저어 간다

침묵으로 말하고
몸짓으로 표정 짓는
선線을 그려내어
이야기를 이어가는

뭉게구름 꽃피우는
발품새이어라

새털구름 흩날리는
날갯짓이어라

한강공원의 자화상

여름날 새벽 한강공원은
이즈러진 일상이다

밤새 숨죽였던 미세먼지는
꿈틀거리는 새벽을 무겁게 짓누르고

전날 어둠속에 내팽개친 이성理性은
어지러운 민낯을 드러낸다

무심히 내던져진 쓰레기는
이리저리 바람에 나뒹글고
밤늦은 야식의 찌꺼기는
비둘기의 조찬을 풍성하게 만든다

돗자리 하나에 드러누운 노숙자는
이슬에 젖은 채 죽은 듯 깨어있고

긴 밤을 허리에 두르고도
미처 다 풀지 못한 청춘들은
부스스한 시선으로 새벽을 탐닉한다

비워도 비워지지 않는 한강이여
채워도 채워지지 않는 한강이여

사람들은 너를 안고
오늘밤도 몸부림친다

요양원의 사계四季

쇠락한 나그네의 그림자가
희미하게 스쳐가는 정류장
이별과 상실의 분기점이다

손을 놓고 돌아서는 가족들의 뒷모습에
눈물이 앞서도 마음은 따뜻했지
자주 찾아줄 거라는 봄날 같은 기대감에

한 달에 한 번
두 달에 한 번
갇힌 그리움은 그렇게 쌓여져 가고
섭섭함도 그렇게 길들여져
찌는 여름날 끈적이는 습기처럼
한숨은 그렇게 짙어져만 간다

깊게 패인 외로움은 분노가 되어
추억을 끌어안고 신음을 토해낸다
서러움을 쥐어짜는 단풍잎처럼
메말라 비틀어진 지친 육신에는
검은 꽃이 마지막 불꽃처럼 피어난다

하얀 눈꽃이 소리 없이 내려 앉아
물방울로 피어나는 침묵의 창가에는

땀에 밴 몽당연필 한 자루와
둥글게 닳아빠진 지우개 한 개가
어둠속의 영혼을 이야기 하고 있다

숲의 울림

흐트러진 세상길을 걷다
숲길에 들어서면

오솔길을 따라
피고 지는 상념들은
한 편의 시가 되고
한 폭의 수채화가 된다

숲속에 누워
초록하늘을 바라보면
생명의 신비가 태동을 한다

숲을 헤집는 빛의 터널에서
잉태를 하고

새들의 늘푸른 화음에
생명이 자라나며

반짝이는 잎새에서
미소 짓는 갓난아기의
묵음을 듣는다

숲은 대가없는 어머니의 품속이다

생명의 향기에
세속을 떨쳐내고

무심한 낙엽에
깨달음을 얻고 싶다

팔순八旬

살아온 듯
살아진 듯
유심무심 시간 마름

돛단배의 노가 되고
돛이 되어 지쳐온 길

이제는 눈곱만큼 남은
순하디 순한 마음

그 조각들을 모아
다리를 놓고 싶다

사랑의 추억으로
이어지는 다리를
후손들에게 남겨질
그리움의 다리를

산이 들이 피워낸 야생화처럼
수더분한 꽃향기 붓이 되어

다리 건너 저편에
내 마음의 초상화를
그려 놓고 싶다

폭염

아침부터 뜨거운 손길로
애무를 시작한다

뿌리치지도 못하고
그저 진땀만 흘리고 있다

정력 한 번 징허게 좋다

저 기세가 언제나 꺾이나
엎드려 눈치만 살피지만

아침부터 저녁까지
지칠 줄을 모른다

해마다 나이를 먹어도
타고난 천성은 어쩔 수 없구나

저놈의 사주팔자나 봐볼까
달력을 뒤적거리다

깜빡
잠이 든다

삶의 저울

아이야
이제 첫 걸음마를 시작한 너의
발걸음의 무게를 아느냐

우주의 중력을 머리에 이고
온갖 기대를 등에 지고
얄팍한 두 다리로
세상에 첫발을 내딛어야 할
발걸음의 무게를

연둣빛 생명이 초록으로 짙어지면
굵어진 두 다리 만큼이나
너를 흔들어대는 것은
파도처럼 밀려오는 거센 세파란다

언젠가 삶의 그물에 갇혀도
벗어나려 발버둥치지 말아라

그때가 바로 네 삶의 무게를 재는
세상이란 가장 큰 저울 위에
올라선 거란다

저울의 눈금이 흔들리다
멈춰 설 때
비로소 네게 주어진 삶의 무게를
깨달을 수 있단다

세월의 선택

나무는 세월을 이고
멋진 고목이 되지만

사람은 늙어지면
슬픈 억새가 된다

고목은 넓은 품으로
주변을 끌어안지만

노인은 쫄아든 가슴으로
주위를 떠나보낸다

수백 년 폭풍우와 칼바람을 견디며 살아온
자연의 삶보다
사람들끼리 부대끼며 살아온
짧은 삶이 더 힘들었을까

아무것도 아닌 것처럼 살아온
네 순응의 삶 보다
오르려 잡으려 발버둥 치며 살아온
세상살이가 더 힘겨웠을까

흔들리듯 흔들리지 않는
어기찬 네 모습에
세월도 너를 비켜 돌아가는데

아기바람에도 아파하는 늘그막 인생은
세월이 너를 안고 발걸음을 재촉한다

장날의 초상

재래시장 도롯가에 할머니가 앉아
푸성귀를 좌판 위에 올려놓고
흐릿한 눈빛으로 손님을 기다린다

차가운 겨울 날씨에도 아랑곳하지 않고
망부석인 양 앉아있는 간절함은 무엇일까

조금만 더 달라는 손님에게
깡마른 손으로 한 움큼을 얹어준다

가져온 것 다 팔아봐야
기껏 몇 푼 안 될 텐데
꼭 덤으로 더 달라고 해야 하는지

돈을 주머니에 집어넣고
아무 일도 없었던 것처럼
무심히 앉아 있다

누구의 어머니이고
누구의 할머니일까

초라하게 웅크리고 있는 모습에
가슴이 짠해진다

삶의 현장에서 그려지는 슬픈 초상화는
조그만 욕심이 어우러지는
우리들의 이기적인 일상이다

손주의 마법

동트는 새벽하늘에
붉은 해가 넘실대듯

캄캄한 밤하늘에
보름달이 피어나듯
손주는 노상 그렇게 웃었다

목젖이 다 보이는
순백의 함박웃음에
헝클어진 마음도
절로 풀려 나가고

칠순을 바라보는 움츠러든 내 마음도
고무풍선처럼 다시 부풀어 오른다

티끌 하나 없는 해맑은 웃음을
오염되지 않게 고이 간직하고 싶다

먼 훗날 손주들이 지치고 힘들 때면
내 삶의 산소마스크가 되었던
웃음의 씨앗들이 발아되어

해바라기 꽃처럼
활짝 피어날 수 있도록
손주 가슴 깊숙이 심어주고 싶다

영혼의 길

세상을 떠난 영혼들이
아름다운 연꽃으로
다시 꽃피울 수 있다면 좋겠다

돌아갔다 돌아올 수 없는
머나먼 길이라도
두렵지 않았으면 좋겠다

죽음은 아무리 쌓여도
잔고가 없는
의미 없는 통장

자연이 씨앗을 뿌리고
뿌린 대로 거두어 가는
에누리 없는 계산서다

언젠가 정류장에 서 있으면
손 들지 않아도
알아서 태우고 가는

아무도 알지 못하는
그 길을 떠난다

보따리만 덩그러니
정류장에 남겨둔 채

기억의 지우개

행여 지워질까
간직하고픈 기억들은
세월의 지우개로
잊혀져만 가는데

잊고 싶어도
지워지지 않는 기억들은
물 먹은 잎새처럼
또렷이 되살아난다

기억의 그물에 갇혀있는
어리석었던 기억들을
이제는 정말 털어내고 싶다

클릭 한 번으로
휴지통에 내다 버리고 싶다

다시는 되살아나지 않도록
휴지통까지 몽땅 들어내어
완전 삭제하고 싶다

자동 삭제가 되기 전에

까치밥

겨울로 가는 길목에 주저앉아
늦가을을 꾸민다

모두들 떠나가고 홀로 남은 채
찬 이슬에 잠이 들고
무서리에 깨어난다

앙상한 나뭇가지에 걸린
계절의 마지막 여유로움이
나그네의 눈길을 사로잡고
마음을 살찌운다

높은 하늘빛에 선명했던 홍안도
소슬바람에 빛을 잃어가고
볼우물은 움푹 패여만 간다

네가 마지막 떠나던 날
해맑던 가을 미소는
허공에 흩날리고

텅 빈 감나무 가지마다
눈꽃을 피워낼 채비를 하며
잔뜩 웅크린 채 단잠에 빠저든다

부부

조각난 시간들이 서로 만나
우연을 만들고

이어진 시간들이
인연의 끈이 된다

너와 내가 만나서
어제를 오늘에 살고
내일을 어제에 사는

종잡을 수 없는 시간들을 엮어
인생의 굴레를 함께 다듬어 간다

희끗거리는 세월이 쌓여 갈수록
사랑한다는 말이 힘들어져도

부부라는 가마솥에서
우려내는 시간들은
일상의 행복을 채워가는 적금 통장

눈치와 체취를 버무려
먼 길을 함께 걸어왔지만

알아도 다 아는 것도 아니고
여태 몰랐다가도 문득 깨달아지는

참 어설픈 기적의 공동체

풍경風磬 소리

대웅전 오색단청 그림자 틀에 갇혀서
오백년 익힌 풍월 흉내 내며 예불하나
바람에 고즈넉한 산사를 일깨운다

산기슭 골바람이 소리 높여 찾아들면
곰삭은 비늘 털어내듯 온몸으로 화답하고
반야심경 독송 소리 화음의 닻을 올린다

깊은 밤 뒤척이며 무엇을 지켜보나
마음속 얽힌 번뇌 잠재우는 울림소리
피안으로 건너는 길 외로움을 달래준다

염주念珠

하늘에 반짝이는 별들마다 옥환인데
사바의 인생살이 모가 나고 각이 지네
백팔번뇌 풍신세상 굴리며 걸어볼까나

우주를 손에 얹고 부처님 향해 우러러도
가슴 속 얽힌 고뇌 한 치 앞에 머무르네
만나고 헤어지는 수레바퀴가 버겁구나

오욕과 칠정을 벗고 둥글게 갈고 닦아
시작도 끝도 없는 열린 마음 펼쳐드니
자비가 풍진 세상에 촛농처럼 흐르더라

목탁소리

꿈인 양 생시인 양 어둠을 털어내려
샛별 잠든 우물에 두레박을 담그고
달빛 자취 모아 여명을 가부좌 튼다

마음을 비워내며 두드리는 목탁소리
참선의 문을 여는 단전의 들숨날숨
적막을 일깨우며 부처님께 나아간다

마음속 깊은 곳 허상 쫓아 헤메이는
걸어도 보이지 않는 어둠을 깨치소서
묵직하게 퍼져가는 영혼의 울림소리

석탑

휘영청 달 밝은 밤 긴 그림자 드리우고
산사에 홀로서서 잠 못 드는 석탑이여
산새도 잠든 이밤 침묵 속에 지새우네

몇 백 년 세월을 한걸음에 지쳐오니
이승도 저승도 이 몸 안에 있더이다
인간사 소원 빌며 나를 안고 돌고도네

달빛에 어둠을 쓸고 별빛에 촛불 밝혀
탑실 안에 영원한 부처님을 모셔 놓고
가없이 비는 정성 우러르며 합장하네

그들의 신은 말한다

제발 나에게
세상살이 모든 복을 내려 달라는 기도는
그만 좀 하여라

낮이나 밤이나
모두가 한결 같은 소리 뿐

너희들은 어찌 염치도 없느냐

우후죽순처럼 여기저기
십자가 하나 꽂아 놓고
신자들을 모아
집단 청원을 하지를 않나

나를 팔아
돈을 거두어 가지를 않나

그들의 욕심과
너희들의 어리석음에
참 어이가 없다

나는 항상 너희 가슴속에 있다

진실로 나를 믿는 자는
나를 찾아 헤매지 않는다

언제 어디서나
나의 모습으로 따를 뿐

너희 안에 있는 나를
욕되지 않게 하기 위해

네 스스로 마음가짐과 언행을
다스려 나가야 한다

네 안에 있는 나를 두고
말로서 나를 찾으면
내가 너희를 떠날 것이요

언제나 감사한 마음과
나눔의 행동으로서
나를 맞이하면

네 안에 항상 복이 되어
남아 있으리라

그냥 그렇게

1.
마음속에 세상을 담지 마세요
무얼 그리 섭섭해 하시나요
어차피 날마다 모르는 남들과
부대끼며 살아가는 세상인데

지구는 둥구데 세상은 모나지요
아플 땐 그냥 아파하세요
어차피 당신의 여린 가슴은
저 넓은 바다가 아니잖아요

너와 나의 생각이 서로 다르고
한 핏줄도 생김이 서로 다른데
살다가 서로 서운해 하고
때로는 서로 아파하지 않는다면
그것도 재미없는 세상이지요

참지 말고 무심코 흘려보내요
그냥 그냥 그렇게

쌓아두지 말고 훨훨 떠나보내요
그냥 그냥 그렇게

2.
세상은 내 마음대로 살 수 없지요
서로가 경쟁하며 지쳐가는 세상에
너무 예민하게 굴지 말아요

어차피 혼자서는 살 수 없는 세상인데
때론 싸워도 외롭지 않아 좋잖아요

치열한 부딪힘도 언젠가는
우정의 씨앗으로 싹 틀 거예요

세상 사람들은 모두 다
자기가 잘났다고 생각하지요
그냥 그러려니 존중해주세요
바로 사랑하는 당신 자신처럼

입김처럼 가볍게 날려 보내요
그냥 그냥 그렇게
얼음처럼 무심히 녹아 내려요
그냥 그냥 그렇게

2부

아름다운 인생

눈초리와 눈치는
갑과 을의 일방통행이다

눈초리는 권력이고
눈치는 생존이다

코스모스 길에서

가을길이 열리면
소리 없는 함성과
가냘픈 몸짓으로
재회를 반겨주는 이들이 있다

바람의 속삭임에
웃음을 터뜨리고

햇볕의 간지럼에
온몸으로 춤을 추는

감성으로 가득 찬
사춘기 소녀들이다

푸른 하늘과 말간 햇살을
온몸에 두르고

소박한 듯 화려한
꽃길 사이를
꿈을 꾸듯 걷는다

무르익어 가는 가을에
아쉬운 그림자를 남기며

아이돌 그룹

젊음은 꿈을 쫓아
내일을 노래하고

무명을 땀에 절여
춤사위를 그려낸다

칼바람을 일으키며 군무를 추고
거친 호흡으로 팬들과 노래한다

힘들었던 시간들을 엮어서
꽃망울을 활짝 터트렸는데

벚꽃처럼 화려하게 피었다가
금방 지고 말아서일까

현란한 노래와 춤은 격렬해져 지고
팬들은 절규하듯 온몸으로 열광 한다

언젠가는 나 홀로 서야 할
그날을 위하여

오늘을 징검다리 삼아
내일을 닦아 세운다

이방인

짙은 어둠이 깔린 홍대 거리에
일상은 잠자리에 들고
젊음만이 출렁인다

건물들은 안으로 숨어 들고
불빛만이 일렁인다

이 길은 걷는 길이 아닌
휩쓸려 가는 길이다
분위기를 마시고 피어나는
달맞이꽃 거리이다

이 거리에 들어서면 난
외로운 이방인이 된다

보이지 않는 세대의 장벽은
스스로의 접근을 허락치 않고
낯선 외국 땅에
나 홀로 버려진 느낌이다

거리에서 마주치는 군중속의 고독은
연인 없는 젊은이와

반겨주는 이 없는 젊은 노인네의
우울한 특권이다

팽이치기

돈다
돌아간다

꼿꼿이 서서
빙글빙글 춤을 춘다

엉덩이에 쇠구슬 박고
부리나케 돌아간다

술 취한 듯 비틀거리다가
채찍 맞고 일어선다

붉으락 푸르락
어지럽게 돌아가는 팽이 얼굴에
무지개가 피어난다

어렸을 적 친구와
흙먼지 뒤집어쓰며
기를 쓰고 돌렸던 팽이치기가
늘그막 그리움으로 찾아온다

손주들에게서 찾아볼 수 없는
추억속의 놀이를

소싯적 흑백 영상으로
갈무리 해놓고 싶다

눈칫밥

눈초리와 눈치는
갑과 을의 일방통행이다

눈초리는 권력이고
눈치는 생존이다

눈초리가 사나워지면
눈치는 바빠지고
눈초리가 부드러워지면
눈치는 쉬어간다

두 눈에 힘을 실어
상대를 제압하고
두 눈에 눈빛을 실어
상대를 읽어낸다

눈초리는 잠들지만
눈치는 편히 잠들지 못하는

하루 세끼를
눈초리와 눈치로
버무려 가녀

눈에서 눈으로
하루를 마무리 한다

아내의 냄새

주방에서 요리하는
아내의 뒷모습에서
문득 짠한 냄새가 묻어난다

코를 자극하는 냄새가 아니라
눈을 맵게 하는 냄새다

하루의 절반을
손끝으로 갈무리 하며
세월을 끓여내고
정을 우려내는 냄새가 아려온다

레시피 없는 인생길을 다듬어
주름진 손맛으로 황혼을 담근다

새롭지 않으나 초라하지 않고
화려하지 않으나 질리지 않는

무심히 지나쳐 온
수더분한 냄새를 모아

오늘도 질그릇에
걸쭉히 담아낸다

다듬이질과 어머니

고즈넉한 한옥 대청마루에서
한낮을 깨우는 다듬이질 소리가
나른한 졸음이 되어 되돌아 나온다

여름이면 어머니는
아버지의 모시옷을 정성껏 두드려
구김살을 펴내셨다

담을 타고 넘어가는
잔잔한 다듬이질 소리는
울타리 안의 평화를 노래하는
일상의 여운이었다

어느 날 비바람 치는 날씨처럼
한결 거칠어진 다듬이질 소리는

어머니의 구겨진 마음을
스스로 다독여 내는
치유의 독백이었다

두드려서 펴내는 다듬이질은
희로애락을 조율해 내는
한민족의 소박한 타익기였다

어느 늦깎이 드러머의 이야기

늙어가는 길목에서
새로운 꿈을 찾아 가꾼다
태워버린 젊음의 숯덩이에
다시금 불을 지핀다

바람이어라
불꽃이어라
북을 치며 열정을 깨우고
심벌을 치며 본능을 깨운다

드럼은 불꽃놀이다
두 개의 스틱으로 휘몰아쳐
일시에 터트리는 마음의 불꽃이다

진정 내가 살아있음을 느끼는
정열의 하모니다

오늘도 세월의 강물 위에
드럼을 싣고
리듬의 물결에 실려
나를 찾아 떠난다

두드릴 때마다 벅차오르는
행복을 연주한다

아름다운 인생

새하얀 모시옷을 곱게 차려 입은
백발의 노부부가
두 손을 꼭 잡고 걸어가고 있다

삶을 정갈하게 손질하며 살아온
노부부의 건강한 인생길이 엿보인다

세월의 무게만큼이나
굽은 등의 선에서도
처연한 아름다움이 묻어 나온다

곱게 늙는다는 것은
우아한 엔틱가구다

희로애락의 찌든 때마저도
연륜의 연마로
기품 있게 되살아난다

단아한 자태에서
우러나오는 향기는
모두가 간직하고픈 노후의 방향제

일상을 소중히 가꾸어 나갈 때
자신도 모르게 피어나는
맑은 영혼의 무지개가 아닐까

신의 뜻이라 말하는 자

신의 뜻이라 말하는 자
그저 웃지요

당신이 입버릇처럼 말하는
신의 뜻은
당신의 뜻일 뿐일지니

권력을 부리는 도구로
신의 뜻을 들먹이지 마세요

비록 그대가 성직자 일지라도
신의 뜻을 알 수 없지요
신은 그대처럼 말로 하지 않고
당신의 모습으로 보여줄 뿐이니까요

천국과 지옥으로 현혹하는 자
그저 웃지요

천국과 지옥은

이 세상에서
자기 스스로 만들어가는 것

신앙은 내세를 보장하는
영혼보험이 아니지요

그 누구도 신의 뜻을 알 수 없지요
자신이 스스로 깨닫고 받아들일 뿐

정녕 당신이 신의 뜻을
알고 싶다면

네 안의 모든 것을
비우고
또 비우고

끝없이 비워가며
기다려 보세요

깨달음은 어느 순간
아무도 모르게
당신을 조용히 찾아옵니다

돌부리

길을 걷다 보면
여기저기 삐죽이 내민 돌부리들

조심스러운 인생길 앞에도
크고 작은 돌부리가 솟아 있다

피할 수 없는 돌부리 앞에서는
걸려 넘어지지 않으려 발버둥친다

치열한 경쟁 속에서 살아가는 사람들이
서로에게 돌부리가 되는 현실 앞에서

지난날 나는 누구의 돌부리가 되었을까
한번쯤은 자신을 뒤돌아보자

내가 살기 위해서 어쩔 수 없었다고
스스로를 변명하지 말자

권력과 갑질로 세상을 핍박하는 자는
가장 큰 공공의 돌부리이다

여기저기 가진 만큼 솟아있는 돌부리는
맨발로 걷는 이의 발걸음을
피눈물 나게 만든다

시인의 걸음마

시인은 길치입니다

이리저리 헤매다 잠시
멈춰서는 곳

그곳은 다시
새로운 출발점이 됩니다

시인은 정처 없는 나그네
자유로운 영혼을 업고 걸어가는
힘든 발걸음입니다

감성의 배낭을 메고
감정을 절제하며 걸어갑니다

한 발짝 떼어놓는 걸음마다
진정성이 피어나고

그 발자국에는
자신의 영혼을 새겨 넣습니다

아직 아무도 발을 들여놓지 않은
미지의 땅을 찾아서
오늘도 여린 감성을 키워 갑니다

거꾸로 보는 세상

보은산 약수터 거꾸리에 매달려
하늘을 바라보면

인간세상보다 바쁘게 움직이는
구름마당이 펼쳐진다
변신을 거듭해가는 모습을 보면서
세상살이의 모습이 되비추어진다

눈 시린 파란 하늘에
철새들이 대열을 지어
부지런히 날아간다

한 치 흐트러짐 없는
질서 있는 모습에서
인간 세상의 혼돈을 떠올려 본다

오늘도 눈에 보이지 않는 항로를
비행기는 어김없이 지나가는데

복잡한 길거리에서 신호를 위반하고
무심히 지나치는 자동차를 생각하며

부끄럼 없는 인간의 이기심을
거꾸리에 매달아 보고 싶다

블랙홀

직사각형의 조그만 화면 속으로
어른부터 아이들까지
모두들 고개를 숙인 채
빨려들어 간다

주위에 아랑곳하지 않고
스마트한 매력을 쫓아
나만의 세계에 빠져든다

마음의 문은 절로 닫혀지고
그 안에 스스로를 가둔다

이제 너라는 괴물이 없으면
괜시레 불안해진다

이유 없는 불안감은
집착을 키우고
집착은 다시 몰입을 부른다

이제는 탈출구가 보이지 않는다

나를 버리고
네 품에 안기어
피곤한 안식을 얻을 뿐

죽방렴의 일상

물살이 드나드는
좁은 바다 물목에
은밀한 덫이 숨어 있다

대나무를 얼기설기 엮어
그물을 세우고
V 자 길을 만들어
물고기들을 유혹한다

이곳은 삶의 터전과 이별하는
운 없는 물고기들의 마지막 무대다

눈 시린 은빛 군무가 펼쳐지고
고별의 막이 내리면
터질 듯한 그물에 실려
정든 바다를 떠난다

물결도 숨죽인 텅 빈 무대에는
수평선 너머 핏빛 노을만이
비릿한 허전함을 채워준다

내 안의 숨바꼭질

내 안에 있는
또 다른 내가 있다면
어디에 숨어 있을까

그들은 끊임없이 숨어있다
불쑥 나타나고
다시 숨어들기를 반복한다

오늘 새벽에도
어김없이 눈이 떠진다
조금만 더 자고 싶은데
무엇이 나를 자꾸만 깨우는 걸까

내 안에 알람시계가 어디에 있는지
정말 찾아서 들어내고 싶다

시끄러운 액션 영화를 보고 있는데
갑자기 잠이 쏟아진다
애타게 찾을 때는 기척도 없다가

어디에 숨어 있다 불쑥 나타나
내 눈꺼풀을 이리 짓누르는 걸까

좋아하는 음악을 듣고 있다가
문득 나도 모르게 눈물이 난다
내 안에 낯선 누군가가 있어
메말랐던 나의 눈물샘을 건드리는 걸까

사랑하는 마음과 미워하는 마음은
어디에 있다가 나타나는 걸까

머리에서 오는 걸까
가슴에서 오는 걸까

내 안에 가려져 있는
마음의 길을 찾아서 떠나보고 싶다

내 안에 숨어 있는
또 다른 나를 찾아
만나보고 싶다

내가 내 안의 나를
찾지 못하고

그 누구도
내면의 나를 알지 못하는

호모사피엔스를 창조하신 조물주만의
재미난 숨바꼭질일까

계절 학습

짧았던 봄날은
벚꽃처럼 아쉬움만 남기고

거칠 것 없는 폭염은
오래 묵을 손님인 양
한없이 굼뜨기만 하다

화려했던 단풍의 향연도 잠시
어느새 다가온 추위에 옷깃을 여민다

봄 여름 가을 겨울은
삶의 윤회이자
진리의 스승이다

젊은 시절 사계절은
해마다 되풀이 되는 일 년이지만

회갑이라는 인생 문턱 하나를
훌쩍 넘어서면
비로소 사계절의 의미가
묵직하게 다가온다

찌는 듯한 더위도
살을 에는 추위도
하루 빨리 지나갔으면
재촉하지 마라

내년을 기약 할 수 없는
현실 앞에 서면
얼마나 사치스럽고
오만 했는지를 스스로 깨닫게 된다

돌고 도는 계절의 수레바퀴에
남아있는 인생을 싣고

이제
무엇을 버리고
무엇을 가꾸며
무엇을 남길까
고민하고 성찰 한다

젊은이는 계절을
가벼이 떠나보내지만

늙은이는 영혼을 단장하며
겸허히 맞이한다

성묘

명절이면 산마다
울긋불긋 꽃이 핀다

오랜만에 가족들이 모두 모여
이야기꽃으로 만든 음식을

깔끔하게 벌초된 조상님 묘 앞에
소박하게 차려놓고

후손들이 일렬로 나란히 서서
감사의 절을 올린다

성묘는 세대 간의 연결고리이자
추억을 되새기는 그리움이다

유골만 남은 조상님과
영혼의 대화로

생전으로 되돌아가는
아름다운 만남이다

풍경 1

밤새 비가 내린
새벽 아침

창문을 열면
눈앞에 불쑥 다가선
초록의 앞 산

한 조각 흰구름이
산 허리춤을 두 동강 내고
유유히 흘러가면

산봉우리는 졸지에
외로운 섬이 되고

아침 해가
섬 위에 솟아오르면
맑은 산천을 여는
성화의 불꽃이 된다

생기 찬 초록의 화폭에
날마다 그렸다가
다시 지우는

자연의 파노라마가 펼쳐진다

아모르파티amorfati

주어진 운명을
사랑할 수 있는
긍정의 의지가 있다면
그대는 행복한 사람이다

타고난 사주팔자를
거역할 수 있는
불굴의 의지가 있다면
그대는 행복한 사람이다

운명은 주어지고
만들어 가는 기운

과거와 현재와 미래가
함께 어우러지는
초인간적인 힘

자신을 사랑할 수 있는
원초적인 힘이
나의 운명이며

각자의 운명이 모여서
세상을 만든다

위대한 실수

하늘을 열고 태양을 비추시어
만물이 우러르게 만드시고

구름을 띄워 비를 내려 주시어
만물을 자라게 만드시며

대지에 공기를 가득 채우시어
만물을 숨 쉬게 만드시는

조물주는 정말 위대하시다

이렇게 완벽한 조물주도 미처 예측하지 못한
단 하나의 실수가 있었으니

자연계의 이단아로 불리우는
인간을 만드신 것이다

오로지 이기심과 탐욕에 쩔어
자신들의 이익을 위해서는
자연 생태계를 무참히 파괴하는 유일한 생명체다

먹이사슬의 맨 꼭대기에서 조물주 흉내까지 내는
갈수록 오만방자 해지는 인간들이다

조물주는 언제까지 지켜만 보고 계실까

아직은 바라만 보고 계시지만
이제는 돌이킬 수 없는 실수임을 깨닫고
스스로 모든 것을 거두어 드릴 때

비로소 지구는 긴 안식을 취한다

뿌리의 삶

아름답게 꽃을 피우는 나무를 바라보며
눈에 보이지 않는 뿌리의 노고를 알지 못한다

하늘로 솟구친 나무를 쳐다보며
땅 속 깊이 뿌리를 내리는 고난을 생각하지 않는다

일생을 흙 속에 파묻혀 살면서
좀 더 예쁜 꽃을 피우기 위해
한 치라도 높이 자라기 위해
더 깊이 더 널리 뿌리를 내린다

뿌리에서 시작된 나무가 자랄수록
땅 속의 뿌리는 잊혀져간다

고목나무 한 그루가 거센 비바람에 넘어져
허연 뿌리를 드러내놓고
처음 땅 위에 드러누운 날

뿌리는 비로소 삶의 참 모습을 드러낸다

하나의 뿌리를 내리고
거기에서 얼마나 많은 잔뿌리가 뻗어 나갔는지

그제서야 외면당했던
삶의 이야기를 되찾는다

뿌리의 일생은
자식들을 길러내는 모든 부모들의
헌신적인 삶의 그림자가 아닐까

엑스트라가 꾸미는 세상

영화 속에서 이야기를 만들어 가는
화려한 주인공 보다는

잠깐 스쳐가는 엑스트라들의
이름 없는 삶에 주목한다

처참한 전쟁 영화 속에서
불사신 같은 영웅들 보다는
허무하게 쓰러져가는 젊은이들의
의미 없는 죽음에 아파한다

영화 같은 현실의 삶에서도
인간의 운명은 둘로 나뉘어진다

권력이 없는 사람도
돈이 없는 사람도
모두가 자신들이 삶의 주인공이지만

세상살이는 주연과 엑스트라로
나뉘어져야만 하는
냉정한 삶의 드라마다

한두 컷에 잊혀지는
엑스트라들을 보며

민초들이 부대끼는 세상살이에
나의 삶을 조명해 본다

3부

아픔의 미학

아이들은 아프면서 자라고
어른들은 아프면서 늙어간다

아프다고 슬퍼하지 마라
산다는 게 아픔이다

차라리

다 쓰러져가는 허술한 한옥에서
삶에 지쳐가는 할머니 한 분

삼복더위에는 털털거리는 선풍기 한 대로
뜨거운 열기와 싸우고

영하의 추위에는 겹겹이 옷을 껴입은 채
웅크리고 살아간다

더위와 추위보다 더 힘든 건
나 홀로 외로움과 무관심이다

TV에서는 주인의 사랑을 넘치게 받으며 살아가는
반려견들의 모습이 비춰진다

똥오줌을 잘못 가려도 마냥 예쁘고
밥을 잘 안 먹으면 고기 사다 먹이고
때맞추어 산책시키며 행복해 한다

촉촉이 젖어오는 할머니의 눈시울엔
부러움이 가득하다

자식을 낳아 힘들게 키워 내보내고
홀로 남은 늙은 부모의 반려자는 어디에 있을까

반려견에게 주는 사랑과 관심의 절반만이라도
늙은 부모에게 되돌려 주었을까

뚫어질 듯 화면을 바라보던 할머니는
힘없이 중얼거린다

차라리 나도 저거라도 되었으면…

불꽃 축제

하늘과 강과 빌딩이 어울리는
한강공원에
짙은 어둠이 내려앉으면

순간을 꽃피우는
화약의 마법이 펼쳐진다

불꽃은 그리움이다
잠시 피었다 지고 말아
다시 보고 싶어지는
안타까움이다

불꽃은 패션쇼다
화려한 옷으로 재빨리 갈아입고
도발적으로 다가오는
멋진 몸짓이다

불꽃은 추상화다
색색의 불꽃이 어우러지며
숨은 이야기를 엮어내는
유채색의 향연이다

불꽃은 예술이다
조명 없는 무대에서 온몸을 터트려
환상을 일궈내는
매혹적인 협연이다

억새꽃

외로움에 피는 꽃
그리움에 지는 꽃

바람을 친구삼아
꺼이꺼이 웃음짓네

가을이 오면
너의 쓸쓸함을 날래려
천관산에 오른다

산 아래 단풍잎은
얄밉도록 화려한데

정상에서 다소곳이 고개 숙인 채
수수한 멋을 우려내는

언제나 변함없는
겸손한 친구

흰머리 휘날리는
멋진 황혼의 친구

짐꾼의 무게

사람은 태어나서
가족이란 짐을 지고

성장해서는
사랑이란 큰 짐을 진다

살다보면 크고 작은 짐을
떠안기도 하고
떠넘기기도 하지만

한시도 삶의 짐을
부려놓지 못한다

잡힐 듯 잡히지 않는
신기루를 쫓아
욕심을 보태가며 지는 짐은
갈수록 무거워지고

수시로 덜어내며 지는 짐은
한결 홀가분해진다

인생살이란 짐은
누구나 지고 가야만 하는
삶의 무게이지만

짐의 무게는
언제나 짐꾼의 선택이다

홍어 이야기

너희가 감히 홍어의 참맛을 아느냐

온몸을 파고드는 짜릿한 맛을
함부로 폄하하지 마라

냄새가 역겹다고 외면하지 마라
톡 쏘는 맛이 싫다고 홀대하지 마라

이 풍진 세상을 살아갈 수 있는
밑거름의 맛이다

권력으로 갑질로
온갖 부정과 사기로
구석구석 악취를 풍기는 답답한 세상을
한 방에 뻥 뚫어주는 통쾌한 맛이다

홍어는 삭힐수록 맛이 깊어진다
오랜 인내로 부드러움과 강렬함을 키운다

한을 삭히며 이 땅에 민주를 꽃피운
맹종을 거부하는 반골의 맛이다

홍어는 화합이자 어울림이다

삼겹살과 묵은지와 만남은
너와 내가 함께 할 수 있는
우리들의 맛이 된다

막걸리 한 잔에 삼합 한 점은
참 거시기한 맛이다

피지 못한 꽃나무들

잎은 싱싱하게 물기를 머금고
줄기는 곧게 뻗어 나가는데도
아직 꽃을 피우지 못하는
여린 꽃나무들

세상이란 텃밭은
갈수록 척박해져 가고
생기 잃은 젊은이들은
거름발이 먹히지 않는다

꽃봉오리에 머물다
지고 마는
못다 핀 꽃나무들이여

세상은 아파하면서도
해답을 내놓지 못한다

어울림

갑이 있으면 을이 있고
을이 있으면 병이 있고
병이 있으면 정이 있다

정이 있으니 병이 있고
병이 있으니 을이 있고
을이 있으니 갑이 있다

갑 을 병 정 들아
내가 있으니 네가 있고
네가 있으니 내가 있다

도레미파솔라시도 이면
도시라솔파미레도 이다

우리들이 어울려 만들어 가는 세상
누구든 무시하지 말고
서로가 존중하며 살아가자

가슴으로 산다는 것

인간의 두뇌가 발달되어 갈수록
인간성은 자꾸만 퇴보해 간다

두뇌는 물질을 부르고
물질은 이기심을 부른다

욕망으로 갈라진 가슴에
생명의 물을 적셔보자

가슴으로 들여다보는 눈은 지혜롭다
더불어 살아가는 혜안이 열린다
나만이 아닌
우리들의 삶의 길이 열리는

가슴으로 말하는 사람은 정직하다
백 마디 말보다 진정성이 느껴진다
서로를 신뢰하고
손잡고 나갈 수 있는

가슴으로 우는 사람은 정의롭다
불의에는 저항하는 지혜와 용기를
탐욕의 유혹에는
나를 제어할 수 있는

가슴으로 산다는 것은
우리들의 미래를 내다볼 수 있는
한줄기 희망의 빛이다

동해 일출

하늘과 바다가 서로 만나
오늘을 잉태하고

어두운 새벽은
붉은 핏덩이를 순산한다

장엄한 기운을 떨치며
아침을 열고

화려한 나래짓으로
세상을 향해 발돋음 한다

자신을 끝없이 태워가며
하루를 만들어 가는
생명의 원천은

감사함을 잊고 사는 인간들에게
무한한 애정을 베푼다

오늘도 수평선과 지평선을 가로지르며
수많은 소원들을 갈무리 하고

내일의 꿈과 희망을
또다시 준비한다

사람의 향기人香萬里

꽃향기는 화려한 내음이지만
살포시 다가와
그냥 스쳐 지나가는
고운 바람결

사람의 향기는
따뜻한 느낌으로 찾아와
있는 그대로 배어나는
겸손한 품격

인품에서 우러나오는
소박한 향기는

돈으로 살 수 없고
권력으로 치장할 수 없는
그대만의 품위

자신을 털어내어
남에게 쌓아가는 미덕의 향기는

꽃보다 오래가고
바람보다 멀리 간다

꽃향기만 쫓던 무심한 지난날에서
이제는 그대의 향기를 찾아
오랫동안 머물고 싶다

사람의 향기에 취하고 싶다

하루는 길다

가는 세월 빠르다고
아우성치지 마라

자꾸만 뒤를 돌아다보면
세월이 너를 안고 달려간다

오늘을 살면서
내일을 셈하지 말자

오늘 하루도 충분히 길다

하루에 몇 시간을 의미 있게 보냈나
생각해 본적이 있는가

지금보다 10년만 더 젊었더라면이란
어리석은 말은 하지 말자
되돌려 본들 달라질 건 없다

하루를 쪼개고 쪼개다보면
세월의 흐름이 늦추어질지니
세월에 끌려가지 말고
주어진 만큼 알차게 써보자

가는 세월 뒤쫓지 말고
오늘을 느긋하게 채워보자

기도 중의 기도

하느님
기도 중의 기도를 들어주소서

하느님을 믿는다고 외치는 자들의
수많은 기도를 들으시고

그 중에 자신을 깨닫지 못한 자의 기도를
용서하소서

신의 뜻을 들먹이는 자의 기도를
용서 하소서

권력의 수단으로 주님을 내세우는 자의 기도를
용서하소서

말과 행동이 서로 다른 위선자의 기도를
용서 하소서

갑질하는 자의 기도를
용서하소서

예수를 내세워 현혹하는 자의 기도를
용서하소서

욕심과 이기심에 가득찬 자의 기도를
용서하소서

오직 자신과 자기 가족만을 위한 기도를
용서하소서

채우고도 비울 줄 모르는 자의 기도를
용서하소서

감사함 뒤에 청원하는 자의 기도를
용서하소서

자연의 순리를 역행하는 자의 기도를
용서하소서

항상 자신의 잘못을 깨우치며
진실로 거듭나는 자의 기도를
들어주소서

모든 일을 당신께 바라는
이기적인 기도보다
몸소 사랑과 자비와 인仁을 실천하는 자의
삶을 구원하소서

차별하는 세상

해와 달과 별들은
만물을 품에 안고

덧없이 지나가는
세월이란 괴물도
모두를 껴안고 함께 가는데

사람을 차별하는 것은
사람뿐이더라

차별로 굴곡진 세상은
힘없는 이들을 아프게 한다

가혹한 세상살이에
살아남을 수 있는
슈퍼박테리아가 되어 보자

그들은 오늘도
내성의 울타리를 쌓는다

잃어버린 그날

젊었던 그 옛날 월급쟁이 시절에
한 달에 한 번
목에 힘이 들어가는 날

현금이 든 월급봉투를 받으면
맨 먼저 떠오르는 마누라 얼굴

맨날 술 마신다 마누라 잔소리에
기죽어 살던 월급쟁이가

가슴을 활짝 펴고
일찍 집에 들어가는 날

공무원의 얄팍한 봉투도
감지덕지하며
미소로 받아들던
소박한 아내 모습에
쌓였던 스트레스가 확 풀리는 날

그 소중했던 하루가
사라진지 오래 전

지금의 월급쟁이들은
365일 기를 펴지 못한다

월급 통장 입금으로
아내의 미소는 사라지고

용돈 주는 아내 목에는
힘이 들어간다

그 시절을 자식으로 살았던
지금의 월급쟁이보다는

월급은 적었지만
보람찬 긍지를 만들어 준
그때 그 시절이었다

지난날의 월급쟁이들이
지금의 시간을 되돌릴 수 있다면

제일 먼저 손꼽을
추억의 흑백영상이 아닐까

아내의 미소

아내의 웃는 얼굴에서
세월을 더듬어 본다

부챗살을 오므리듯
눈가에 잔주름이 접힌다

젊은 날에 나를 바라보던
반짝이는 눈빛은 아니지만

내 마음을 읽어내는
그윽한 눈빛으로
햇살처럼 가느다란
미소를 담는다

입가에 살짝 걸린 웃음은
내 마음에 파문을 던지는
세월의 조약돌

볼우물에 여울지는 주름살은
너와 나 둘이만의 사랑이란 계산서

목젖이 들여다보이는
건강웃음도 좋지만

농익은 세월을 가늠해주듯
마음을 어루만지는 포근한 미소에

오늘도 행복은 우리 곁에 머문다

수면 여행

오늘밤도 예약 없는
미지의 여행을 떠난다

종일 시달린 의식을
베개에 내려놓고

무의식의 캐리어를 끌며
시공을 넘나드는
목적지 없는 나그네가 된다

과거와 현재와 미래가
서로의 경계를 허물며
피아를 넘나든다

정말 꿈이 아니었으면
제발 꿈이었으면

아쉬움과 안도감이 교차하는
꿈의 여행은

언제나 맨손으로 되돌아오는
새로운 아침이다

풍경 2

밤새 내리던 겨울비가
진눈깨비로 변해
마음을 심란하게 흔들더니

그새 함박 눈꽃으로 갈아입고
내 마음의 화폭을
풍성하게 꾸며 간다

날마다 마을을 굽어 보던
남자다운 제암산은
어느새 뒷켠에 숨어버리고

뜰 앞의 노송은
순백의 면사포를 살포시 얹는다

늘상 혼자 놀던 백구는
오랜 친구가 찾아온 양
부리나케 마당을 맴돌고

봄을 기다리던 꽃나무는
솜이불을 뒤집어 쓴 채
다시 쪽잠에 빠져든다

사랑의 맞춤법

오래 묵은 부부 사이에
쉽고도 어려운 말은
사랑한다는 말 한마디

입안에서 뱅뱅 도는 말을
겨우 붙잡아 놓고
입 밖으로 내보내는데
지쳐버린 긴 세월

사랑한다는 말을 입에 달고 살던 친구는
헤어짐도 쉽더라

가뭄에 콩 나듯 사랑한다 말을 아껴도
그 사랑은 뿌리가 깊더라

사랑은 변질이 잘 되어서
참사랑이란 말이 생겼을까

영혼 없이 툭 던지는
사랑한다는 말의 홍수 속에서

진실한 사랑의 감정을
오롯이 건져내고 싶다면

이해와 배려와 존중으로
평생 동안 서로를 조율해 가는 것

사랑한다는 말은 가벼운 변화구가 아닌
언제나 묵직하게 던지는 정직한 직구다

아픔의 미학

아프니까 생명이다
거듭나는 진통이다

아이들은 아프면서 자라고
어른들은 아프면서 늙어간다

아프다고 슬퍼하지 마라
산다는 게 아픔이다

아프지 않고 살아가는 생명은
어디에도 없다

묵묵히 서 있는
저 고목도
비바람 치는 날엔 흐느껴 운다

짓밟히고 잘리면서 자라나는
풀잎의 아픔은
풀벌레가 대신 울어준다

아픔은 고통이자
꺼지지 않는 희망이다

아플 땐 아파해라
내일은 온다

우리들이 만드는 세상

너와 내가 만나서 우리가 되고
우리와 우리가 만나서 우리들을 만든다

우리들이 만들어가는 세상은
왜 이리 시끄러울까

우리라는 허울 좋은 울타리 안에서
영혼 없는 우리들은 끊임없이 부딪히고
서로가 나만의 세상을 만들어 간다

우리들이라는 공동체는
편리한 싸움터다

서로 편을 갈라
내 편과 적을 만들고

남의 불행이 나의 행복이 되는
추악한 싸움터를 만들어 간다

영원한 내 편도 없고
영원한 적도 없는데

영원한 승자도 없고
영원한 패자도 없는데
서로가 극과 극으로 나뉘지만 말자

우리들 모두는 아무리 잘난 척 발버둥 쳐도
어차피 자연으로 되돌아 갈
그 나물에 그 밥인 것을

봄처녀 제 오시네

너는야 언제나 동년배 친구
똑같이 나이를 먹어 가지만

해가 가도 늙지 않는
동안의 처녀

화장기 없는 푸릇한 민낯에
냉이 향기 흩뿌리고
이리 살금 저리 살금
오는 둥 마는 둥 찾아오네

산을 넘다 지쳐버린
발걸음을 이끌고
꽃샘추위에 쪽잠 든 이들 일깨우며
느지막이 서두르네

갈수록 짧아지는 너와의 만남에
아쉬움은 늘어가도

내년을 또 기약하며 안아주는
의리의 친구

봄처녀 제 오시네
생명의 꽃다발을 한아름 안고
아지랑이 수풀 사이로
미소 지으며 오시네

차가운 상처

살이 찢기는 고통은
순간의 아픔이지만

마음이 갈라지면
기나긴 고통이 된다

상처가 낫으면
딱지가 내리지만

세월이 가도
아물지 않은 차가운 상처

지우려 해도 되살아나는
마음속 깊은 상처는

가슴속에 문신으로 남아
기억을 옭아맨다

알게 모르게 툭 던지는
한마디 말에

삶이 갈라지고
세상이 분열된다

혀를 둥글게 말아서
세상을 따뜻이 보듬어 보자

삶의 제목

고희의 문턱 앞에서
지금껏 살아온 삶의 조각들을 모아
이제는 제목을 붙여 보고 싶다

살아온 지난날에
조그만 의미를 부여하고 싶다

하늘 높이 날며
세상을 굽어보는 새들에게도

긴 겨울잠에서 깨어나
제때 꽃피우는 꽃나무에게도

산에 들에 외롭게 핀
이름 모를 야생화에게도

오랜 세월 거센 비바람을
침묵으로 버텨온 고목에게도

늘상 꼬리치며 따라다니는
반려견에게도

지나온 나의 삶을 모두 다 털어 놓고
너희들의 삶에 의미를 들어보며

나와 인연을 같이 해온
가까운 이들과 함께

아직 물음표로 남아있는
내 삶의 제목을
간결하게 한 줄로 담아내고 싶다

언제까지일지 모르는 남은 생애는
욕심의 불씨마저 잠재우고

기름기 뺀 담백한 가사에
중독성 있는 가락을 붙여

일상에 감사하며
이야기를 만들어 가는

소박하고 단아한 여생을
노래하고 싶다

어른이*

어른의 마음속 한켠에는
아이가 숨어 있나 보다

나이를 먹어도
어렸을 적 무엇이 남아 있었나 보다

어쩌다 가슴 한구석에서
꼬부리고 있던 아이가
자기도 모르게 불쑥 튀어 나와
나름 어른 체면을 구길 때가 있다

아이 가슴 한켠에는
어른이 자라고 있나 보다

철부지로만 보였던 녀석이
가끔씩 으젓한 모습으로 돌변하여
방심한 어른을 당황 시킬 때가 있다

아이 같은 어른이나
어른 같은 아이나

나이는 따로 놀면서
어른과 아이를 오고 간다

어른은 나이를 거꾸로 먹고
아이는 어른을 꿈꾸며 나이를 먹는걸까

나이 먹는 게 왠지 씁쓸해진다

*어른아: 어른과 아이의 합성어

4부

산다는 것은

닭은 멀리 날지 못해도
몸에서 빠져나온 깃털은
가벼이 훨훨 날듯이

나를 얽어 맨 모든 것들을
훌훌 털어내면
그냥 살아지는 것이거늘

바위 앞에 서다

거친 바위 앞에서
팍팍한 삶을 토하지 마라

알몸의 바위를 바라보며
세월의 빠름을 탓하지 마라

헐벗은 채
살이 깎이고
뼈가 부서져 내려도

햇살처럼 많은 세월을
노송 한 그루 친구삼아
그냥 그렇게 서 있다

인간의 얄팍한 감성으로
바위 앞에 서지 마라

그 무엇으로도 진한 아픔을
위로할 수 없을지니

세월의 거울 앞에서는
깊은 침묵으로
겸손할 지어다

여울

흐름의 길목에는
여울이 있다

세월이 감아 도는
사연들이 있다

생각의 흐름에도
여울이 있다

이성과 감성이 어우러져
가슴을 맴도는
한의 원천이 있다

일출과 석양을
물결에 실어

여울지는 강물 위에
상념의 배를 띄우고

삶의 노을 속으로
노를 저어간다

얼굴을 조각하다

얼굴은 자신의 삶을 담아내며
만들어가는
꾸밈없는 조각 작품

사람들은 자신도 모르게
자기의 얼굴을
만들어 가며 살아간다

내면을 담아내어
외면을 꾸며가는
일상의 평생 작업은

삶의 온갖 감정들이
녹아나고 버무려지며
조금씩 모습을 달리해 간다

성형이라는 가면보다는
진실한 삶에서 우러나오는
참한 얼굴을 만들어 보자

주름투성이의 얼굴에서도
초라해 보이지 않는 얼굴은

욕심과 증오심을 덜어내고
착하고 꾸밈없이
인생을 살아온 사람들의
마지막 인생 작품이 아닐까

압력밥솥

혼자서 속을
부글부글 끓이며
씩씩거리다가
한숨을 푸욱 내쉬더니

언제 그랬냐는 듯이
금방 마음을 활짝 열고
아낌없이 내어준다

남은 밥은 한데 모아
닭이 알을 품듯
따뜻이 보듬어준다

소갈머리가
있는지
없는지

저 조그만 몸속에서 식지 않는
한없이 따뜻한 마음씨를
욕심으로 가득 찬 인간들이 어이알까

손녀의 향기

허리를 꼿꼿이 펴고 앉아
뜨개질을 하고 있는
어린 손녀의 손길에서
문득 여인의 향기가 묻어난다

한창 자유분방하고
감성적인 사춘기 시절에

단아한 자태로
시간을 엮어가는 모습에서

옛날 현모양처 여인상이 떠올라
슬며시 혼자 미소 짓는다

길고 가느다란 손가락으로
건반을 두드리는 가냘픈 손길에서

꽃봉오리가 활짝 열리는
소녀의 향기가 물씬 풍긴다

곱고 섬세한 손길로
아름다운 음악을 연주하듯

따뜻한 시선으로 세상을 바라보며
멋진 인생을 가꾸어가는
손녀들의 행복을 그려 본다

바위섬

상처에 딱지가 내리다
다시 덧나기를

햇살만큼 반복되는
까마득한 시간 속에서

오늘도 바위섬은
깊은 상흔을 안고

아프게 아름답게
진화해 나간다

언제쯤 벗어날까
각고의 세월 속에서

언제쯤 잊혀질까
인고의 아픈 기억에서

오늘도 상처뿐인 몸뚱이를 향해
하얗게 부서지는 늘푸른 파도여

집요한 너의 몸짓과
목쉰 노랫가락에

갈매기는 속절없이
너울너울 춤을 춘다

그분

일상의 담장을
훌쩍 넘어 왔다가

삼베바지에 방귀 빠지듯
흔적도 없이 사라지는 분이여

어둠을 타고 온
거친 숨결로
곤히 잠든 나를 깨워
삶을 이야기 하고

꽃피는 봄날 나른하게 찾아와
늦가을 낙엽을 이야기하는
종잡을 수 없는 괴짜여

언제 만나도 반가운 님인데
벌써 달포째 소식이 없구나

그분이 찾지 않는 일상은
꽃이 피어도 향기를 맡을 수 없고
계절이 바뀌어도 느낄 수 없구나

그분이 슬며시 다시 오시는 날

무디어진 나를 오롯이 들어내고

감성의 쓰나미에 영혼을 실어
잠든 텃밭을 일구고 싶다

반짝이는 것들

밤하늘의 별들은
누구도 가져갈 수 없어
반짝거리고

숨죽이며 흐르는 유성은
별들의 반짝이는 눈물이어라

풀잎에 반짝이는 이슬은
청명한 아침을 열고

반짝이는 검은 눈동자는
지친 영혼을 일깨운다

아내의 입가에 걸린
엷은 미소는

나만이 가질 수 있는
반짝이는 보석

우주에서 지구가
반짝이는 한 점이듯

이 땅에서 너와 내가
잠시 반짝였다 스러져가는

아름답고 고귀한
한 점이 되리라

이래서는 안 되는 것들

종교가 정치와 손을 맞잡으면
머리에 뿔이 달린 괴물이 태어난다

그들의 우두머리는
성역의 담장을 높이 쌓아 올리고
권력을 향한 지렛대를 설치한다

입에 발린 신앙으로
착한 신도들을 현혹하고

신은 보일 듯 보이지 않는
검은 장막에 가리워진다

그들은 신을 팔아
신자들을 노예로 삼고

기름기 번지르르한 세치 혀로
신의 뜻을 외치면서
정작 그들은 신을 외면한다

정치는 권력이란 욕망에 눈이 멀지만
종교는 사랑의 나눔 실천에
눈을 떠야 하거늘

이래서는 안 된다
가는 길이 달라야 한다

맞잡은 손을 놓고
제 갈 길을 찾아가는

아름다운 이별을 서둘러야 한다

길치

길을 걷다
가는 길을 잃고

길을 헤매다
제 갈 길을 찾는다

두 갈래 세 갈래
흐트러진 길도
종착지는 오직 한 길 뿐인데

너도 나도 길을 걷다
웃고 울며 방황한다

인생길은 선택이자
주어진 운명의 길

길 위에 서면
그 길은 끝을 향한 길이자
또 다른 출발점이다

세상길은 너무 넓어
어지럽기만 하다

꽃피고 새가 우는
한적한 오솔길을 걸어 보자

눈을 반쯤 감고
미소 지으며 걸어 보자

태풍의 여로

세상에서 누구 하나
반겨주는 이 없어도

새로 만든 명함 한 장 들고
내키는 대로 찾아간다

외롭게 태어나
제멋대로 자란 한을 품고

세상을 저주하는
거친 반항아가 되어
갈라진 목소리로
울부짖으며 달려든다

거센 비바람을 등에 업고
미친 듯이 세상을 할퀴어대면

그들의 떨림에
쾌감은 격렬해져 가고
주체할 수 없는 격정에
한없이 빠져 든다

아뿔사, 생체기만 남긴 세상을
뒤돌아보며
때늦은 후회를 안고

무거운 침묵만을 남긴 채
쓸쓸히 사라져 간다

왕년往年

내 이름은 왕년입니다

조금은 촌스럽지만
시공을 초월하는 재미난 이름이지요

중년부터 노인까지 나이를 먹어갈수록
자주 나를 찾습니다

딱히 잘한 것도 없고
부지런히 세월만 훔쳐왔을 뿐인데
참 신기한 일이지요

젊은이들은 누군가 내 이름을 들먹이면
슬쩍 외면합니다

그대들이여, 누군가가 내 이름을 부르거든
그냥 그러려니 하세요

나이를 먹어가는 사람들에게
아직 남아 있는 힘은
오로지 내 이름 안에 녹아 있지요

세월이 똑같이 흐르고 나면
내 이름은 유전자처럼
어느새 그대들을 찾아 가겠지요

왕년이란 이름은
과거와 미래를 이어가는
마지막 남은 자존심이자

스스로를 다독이는 초라한 위안입니다

지금 이 순간

지금을 산다는 건
최고의 행운이다

이보다 더 좋을 순 없다

작은 점들이 모여
긴 줄을 이이기듯

순간들을 엮어서
인생을 노래한다

강물이 시간을 모아 흐르듯
지금도 따라 흐른다

순간의 사연들을
만들어 가고
지워가며 흘러간다

어제는 지금의 배설물이고
내일은 오늘의 지금일 뿐인데

지금과 지금의 경계에서
끊임없는 욕망을 좇으며

지금을 지워가고
지금을 만들어 간다

똥을 대변代辯 하다

나는 애초부터 똥이 아니었어

인간들은 날마다
나를 음식에서 똥으로
극에서 극으로 변신을 시켜가지

인간들은 간사한 세치 혀로 미음껏 즐긴 후
뱃속으로 보내 단물을 빨아먹고
미련 없이 밀어내지

나는 그들의 이중성에
하룻만에 팽 당하고 쫓겨나지

나를 뱃속에 담아둔 채
멋진 옷으로 치장을 하고
달콤한 사랑을 나누고
깨끗한 척 깔끔을 떠는 그들이

내가 항문 밖으로 나서면
얼굴을 찌푸리며 외면하지

인간들의 몸뚱이를 덥히기 위해
자신을 하얗게 불태운 연탄재처럼

나는 그들의 잘난 체를 위해
하루 종일 돌림을 당하다가

누렇게 뜬
똥이 되고 말았지

누가 나에게
침을 뱉을 수 있는가

누가 내둘리다 버려진 나를
외면할 수 있는가

이제 나는
인간들이 똥이라 부르는
더러운 찌꺼기가 되어
버림받아 떠나지만

나의 일부는
너의 멋진 몸이 되어
네 안에 숨 쉬고 있음을 기억하라

호기심 천국

먼 길을 달려와
맛집 앞에 줄을 서서
번호표를 받고
차례를 기다린다

언제까지 기다려야 하나
배고픔을 참으며
자존심도 내팽개친다

여태까지 공들인 본전 생각에
중도에 포기도 하지 못한 채
한두 시간을 기다려
소문난 음식을 마주한다

소문은 신기루다
불나방을 유혹하는 강렬한 불빛이다

알면서도 뿌리칠 수 없는
호기심에 끌려 와
소문을 현실로 채우고 나면

입안에 감도는
아쉬움을 채우기 위해

또 다른 소문을 찾아서
입맛을 다신다

꽃비

벗꽃들이 합창하는
화려한 가로수 길에

함박눈꽃 같은
꽃비가 휘날린다

짧았던 절정의 아쉬움일까

떨어지는 꽃잎에서
한숨이 묻어난다

봄바람이 꽃잎을
살포시 누이면

무욕無慾의 꽃길은
허전한 미소를 짓고

따스한 봄날은
하얀 발자국을 남기고
무르익어 간다

신 마녀사냥

잔잔한 바다에
바람이 모여들면
파도가 치고

푸른 하늘에
검은 구름이 모여들면
소나기가 내리듯

인기를 얻고
대중 앞에 나서면

그들의 말과 행동거지는
악플러들의 한끼 먹거리가 되어
군침을 흘리며 달려든다

나와 생각이 달라서
나보다 더 잘나서
내게 없는 걸 갖고 있어서
주는 것 없이 미워서

그들의 맹목적인 증오는
악플이라는 흉기가 되어
아무런 죄의식도 없이
찌르고 또 찔러댄다

그들에게 배려는 사치일 뿐
살기 띤 손가락은
급소를 노리고 파고 든다

왜 이리 세상은
까칠해져만 가는 걸까

따뜻한 시선들이
자꾸만 식어가는 걸까

얼굴을 감춘 악플은
엉뚱한 마녀를 만들어 내고

마녀 사냥꾼들은
망나니 춤을 춘다

이성을 잃고 방황하는
슬픈 영혼들이여

가슴을 활짝 열고
자신의 삶부터 들여다보자

단풍나무

핏빛 석양 노을에도
마냥 창백했던 잎새가

말간 가을 햇살을 보듬고
수줍게 얼굴을 붉힌다

들판의 억새 숲이
하얗게 춤을 추고

강가의 갈대 수풀이
가을가을 노래하면

붉게 타버린 잎새는
소슬바람에 실려
긴 여행을 떠난다

그대는 느지막이 타오르는
황혼의 사랑꾼

뜨겁게 피었다가
차갑게 지는
여문 가을꽃

화려하게 피었다가
처연하게 잊혀져 가는
농익은 가을이다

며느리와 꽃나무

어느 날 아들들이 고이 품에 안고 온
여린 꽃나무들

우리집 텃밭에 자리를 잡고
다소곳이 뿌리를 내리더니
예쁜 꽃을 활짝 피워냈다

아들이 피워낸 사랑의 꽃나무는
내게는 생애 최고의 선물

배가 아파서
가슴이 아파서
낳은 자식들은 아니지만

시공을 초월한 인연이라는 운명이 낳고
기쁨으로 맞이한 사랑의 탯줄이었다

이제 핏줄로 이어지는
사랑의 꽃씨를 받아
가족의 역사를 새롭게 써내려 간다

서로의 이해와 배려로
일상을 공유해 가며
내일을 꽃피우고
미래의 행복을 심어 나갈

우리는 오늘도 텃밭을 일군다

황혼여행

아기단풍을 마주 보고
우뚝 서 있는 은행나무 한 그루

날이 갈수록 곱게 단장해가는
여친을 바라보며
노랗게 무르익어 가는
진한 사랑을 키워왔지만

너와 나는
정녕 맺어질 수 없는
짝사랑의 하모니

서로 손 한번 잡아보지 못한 채
그저 바라만 보고 있는
늦가을의 슬픈 사랑 이야기

애틋한 눈길은 허공에서 부딪히고
안타까운 손길은 손끝에서 머문다

동지섣달 무서리가 저리 내리고
서릿바람이 몰아치면

이제는 덧없는 낙엽이 되어
눈물로 껴안고 함께 뒹구는
비로소 서글픈 연인이 된다

손에 손을 마주 잡고
쓸쓸히 긴 여행을 떠난다

차 한 잔에 담긴 사색

당신은 오늘 하루도
한 잔의 차를 마실 짬을 내셨는지요

물을 끓이고
차를 우려내어
작은 찻잔에 따라
향긋한 내음을 맡으며
한 모금씩 맛을 음미하는

산다는 게 무엇인디
아무리 바빠도 양보할 수 없는 자투리이지요

오늘도 당신은 숨을 헐떡이며
무엇에게 쫓겨가나요
아니면 무엇을 쫓아가나요

당신이 항상 지니고 다니는 시간은
당신을 쫓아가지도
쫓겨가지도 않고
그냥 당신을 바라볼 뿐이지요

당신을 그리 끝없이 몰아 붙이는 건
당신 주머니마다 가득 차 있는 것

바로 꿈이란 이름으로
잘 포장되어 있는
욕망의 씨앗이지요

당신이 평생 품에 안고 가며
싹을 틔우는 애장품이지요

차 한 잔으로 당신을 잠깐만 놓아 주세요
코를 벌름거리며 차 향기도 맡아보고
혀끝을 통해 온몸으로 느껴 보세요

한 잔의 차는 지친 당신을 안아주고
위로해 줍니다

당신이 만들어낸 짧은 여유는
삶속에 파묻혀 보이지 않는 당신을 끄집어내는데
충분한 시간입니다

푸른 신호등만 항상 좋은 게 아니지요
빨간 신호등도 소중할 때가 있답니다

바로 나의 세상을 살아가는
지혜의 신호등이지요

선악의 무늬

투명인간처럼 다가오는
두 얼굴을 가진 이성은

아무런 제약도 없이
서로의 영역을 넘나든다

선과 악은
하나의 자웅동체로
아무런 경계가 없다

선은 반듯한 양심이고
악은 구겨진 양심일 뿐

악은 세상에
생채기를 남기고

선은 악의
생채기를 덮을 뿐

흔적을 남기지 않는다

명당

산천의 기운이 모여 들어
땅이 숨을 쉬고
하늘빛에 잠드는 곳

그 옛날 아버지는
강을 건너고
늪을 지나
깊은 산속을 헤매며

영혼이 평안하고
후손이 축복받는
어머니 품속 같은 땅을 찾았다

지금은 잡목이 우거져
다니는 길 조차 희미해지는
조상님들의 안식처

영혼은 진즉 떠나가고
한조각 육신도 사라져 가는데
명당은 조상님과 후손에게
무슨 의미일까

교통이 불편했던 그 시절에도
고난의 발품을 판 아버지의 정성이

후손들에게 아무런 의미 없이 잊혀질까
서글프고 두려워진다

명절 손님

아들 위에
며느리가 있고

며느리 위에
손자 손녀가 있다

명절이면 찾아오는
손님인 듯 손님 아닌
정다운 가족들

오랜만에 만나 반가운 마음 한편으로
행여 머무르는 동안 불편하지 않을까
노심초사 한다

귀여운 손자 손녀들에게는
어린 시절 한 장의 추억을 심어주고
며느리들에게는 명절의 짐을 덜어주고자
며칠 전부터 차근차근 준비해 나간다

자식들은 계절풍이다
철따라 바람처럼 찾아 왔다가
아쉬운 정만 남기고 훌쩍 떠나가는

부모는 맨날 그렇게 길들여지고
짧았던 추억은 세월의 사진첩에 쌓였다가
그냥 그렇게 잊혀져간다

산다는 것은

사람이 산다는 것은
알몸으로 태어나자마자 부딪히는
평생 동안 고뇌하며 풀어야 할 문제

모든 생명체들이 산다는 것은
그냥 살아지는 것이라지만

사람이 산다는 것은
그냥 살아질 수만은 없는
난해한 문제

애초부터 정답이 없는 문제를 풀려고
발버둥치지 마라

우주의 한 점에 불과한 유한한 인간들이
모든 것을 안고 가려 해봐야
무슨 소용이 있으랴

닭은 멀리 날지 못해도
몸에서 빠져나온 깃털은
가벼이 훨훨 날듯이

나를 얽어 맨 모든 것들을 훌훌 털어내면
그냥 살아지는 것이거늘

나의 작은 몸뚱이에서
사랑이란 깃털 하나만을 뽑아내어
세월이란 바람에 실려 보내리

꼰대와 어르신

사람은 점차 나이를 먹어가면서
갈림길에 선다

한쪽은 누구나 쉽게 가는
꼰대가 되는 길이고

다른 한쪽은 어렵고 힘든
어르신이 되는 길이다

나이가 무거워지는 사람들이여
했던 말 또 하지 말고
자기 생각대로 지적질 하지 말고
왕년의 이력을 들먹이지 말고
사소한 일에 서운하다 삐치지 말고

입을 닫고 침묵을 키워라

모든 신들이 수많은 인간들의
이기적인 기도와 온갖 몹쓸짓에도
오로지 침묵으로 추앙 받지 않는가

살아온 세월이 길어질수록
되새기고 싶은 추억도 늘어나고
전해주고 싶은 말도 많겠지만

말이란 하면 할수록
잔소리밖에 안 되는 것을

다듬어 온 삶의 진솔한 모습으로
어르신이 될지어다

화장실에서

한 평도 안 되는 공간에서
턱을 괴고 앉아
나 홀로 사색을 즐긴다

자신의 냄새를 맡으며
자신을 들여다본다

비움은 아름다운 공간이다

채운 만큼 비워내는
가장 양심적인 공간이다

모두가 이 순간만큼은
모든 걸 내려놓고
한껏 겸손해진다

너나 나나 할 것 없이
채운 만큼 비워내면
세상은 평화로워지고

채울 줄만 알고
비울 줄 모르는 사람들이 많아질수록
세상은 자꾸만 시끄러워진다

풀꽃의 함성

잘 다듬어진 잔디밭에서는
풀잎의 소리를 들을 수 없다

고개 든 풀잎마다
무참히 잘려 나가도
침묵을 지키며
서슬 손길아래 순응하나

저 넓은 들풀 밭을 걸어 보라
그들이 웃고 울며 떠드는 소리를

자신들의 삶이 팍팍해도
온갖 풀벌레들을 껴안고
함께 뒹굴며

발길에 짓밟혀도
으스러지지 않고
벌떡 일어서는
길들여지지 않는 생명력을

보라, 저 질긴 생명력은
서로 얽히고설킨 풀뿌리에서 시작된다

그들이 피워낸 풀꽃은
소박하고 애틋하게 아름답다

저 들판을 수놓는
물결치는 함성에
가슴이 한껏 벅차오른다

복조리개

어렸을 적 집 기둥에 매달린
작은 복조리개 한 쌍을 보며

복을 받는다는 복조리개가
왜 저리 초라하게 못생겼을까 생각 했지요

산죽山竹으로 얼기설기 엮어 만드는 복조리개는
물 한잔을 다 붓기도 전에 줄줄 새버리고
고봉밥 한 그릇도 여유 있게 담을 수 없는데
무슨 복을 담아낼 수 있는지 궁금했지요

나이를 먹어 가정을 꾸리고
머리가 희끗거릴 무렵에야 비로소 깨달았지요

행복은 언제나 크고 화려한 모습으로만
우리 곁에 다가오지 않고
있는 그대로의 모습으로
자신도 모르게 우리 곁에 와 있다는 것을

복은 받는 대로 다 담아둘 수 없고
비워내는 그릇에 새로운 복이 들어온다는 것을

이제 자신의 마음속에 걸어둔
커다란 복조리개를 내려놓고

일상의 소박한 행복을 담아낼
산죽 복조리개를 걸어 보세요

날마다 비워지고 채워지는
알뜰살뜰한 복조리개입니다

2020 봄

봄은 왔어도
봄날은 멀기만 한
잔인한 봄이여

계절은 어김없이 돌아왔건만
코로나 19에 얼어붙은 온기 없는 세상은

공포의 냉기에 둘러싸인 채
몸을 감추고 숨을 죽인다

초록의 생명이 싹트고
아지랑이가 피어나도
사람들은 생기를 잃은 지 이미 오래 전

시들어 가는 세상은
서로의 간극만을 넓혀가고
경계의 눈초리는
갈수록 살벌해진다

언제쯤 사람들의 가슴속에도
꽃피는 봄날이 오려나

이제 남은 봄날이 무심히 잊혀져 가듯
언젠가 이 기나긴 고통도 지나쳐 가면

사람들의 가슴속에 깊이 묻어 둔
가슴 아팠던 봄날도

서로의 위로와 격려로 따뜻이 되살아나
모두의 일상 속에 활짝 피어나리

물수제비 뜨기

크고 모난 돌멩이로는
뜰 수 없는 물수제비

작고 둥글납작한 돌멩이를 골라
몸을 낮추고
강물 위를 스치듯 다독이면
작은 물꽃이 잇달이 피어닌다

이제 도도히 흐르는 세월의 강물위에
나만의 물수제비를 뜨고 싶다

세상살이에 비대해진 몸과 마음을
둥글게 갈고 닦아
물위를 걸어보고 싶다

몇 걸음 걷다가
세월의 심연 속으로 가라앉을망정
작은 파문이라도 남기고 싶다

잊혀질 때 잊혀지더라도
걷고
또 걷고 싶다

대성당한약방을 추억하다

저 멀리 동쪽 하늘에 우뚝 솟은 무등산이
언제나 따뜻한 눈길로 굽어보고

집 앞으로는 먼 길을 달려온 광주천이
휘돌아 흐르는 명당에

아담한 한옥으로 지어진 대성당한약방이 자리 잡고 있었다
내가 태어나고 자란 탯자리 광주시 구동 37-86번지

아버지는 일제 강점기 시절
조선 사람으로서는 어렵게 약종상 시험에 합격하여
이곳에 보금자리를 잡으셨다

아버지는 정확한 진맥과 조제로 소문이 나서
항상 환자들이 많은 편이었고
덕분에 우리 7남매는 생활에 별 어려움 없이 자랐다

아버지가 종일 진맥을 하고 약을 지으시면
환자들은 옹기종기 온돌방에 마주 앉아 서로 이야기도 나누며
차례를 기다리는 대기실 겸 사랑방이었다

앞마당 조그만 텃밭에는 커다란 파초나무 한 그루와
각종 꽃나무가 계절을 이어가며 피었다 지고
마당 한켠에 있는 장독대에서는
어머니가 매년 담그신 장과 된장이
큰 독에 담겨서 맛있게 익어가고 있었다

사시사철 은은한 한약내음이 감도는 집안에서 자란 나는
어렸을 적부터 조그만 쇠절구로 약을 찧거나
조금 커서는 작두로 한약을 썰며
아버지의 바쁜 일손을 도와 드렸다

환자가 뜸한 날이면 아버지는 틈틈이
광주공원에 있는 향교에 가셨고
때때로 친구 분들이 찾아오실 때면
어머니가 차려주신 소박한 술상에
한약으로 빚은 약주 한잔을 기울이시며 담소를 나누고
때로는 친구 분들과 시조를 읊으시기도 하셨다

아버지는 새벽이면 하루도 빠짐없이
사서삼경 등 한문을 읽으셨고
틈틈이 한시나 시조를 쓰시던 멋쟁이셨다

칠남매가 성장하여 각자 보금자리를 찾아가고

부모님의 그늘 아래서 형제간에 우애를 나누며
남들이 부러워하는 집안이 되었다

자식들은 오직 아버지께서 오래 사시기만을 바랐는데
팔순을 바로 눈앞에 두고 아까운 나이로 돌아가신 후

40년 넘게 걸려있던 대성당한약방 간판은
그렇게 쓸쓸히 내려지고
집안에 감돌던 한약 내음도 바람 따라 멀리 떠나 버린 후
지금은 그곳에 다른 사람이 집터를 사서 새 건물을 지었다

아버지는 생전 소망이 현재의 한약방을 헐고
그곳에 건물을 지어서
맨 윗층에 아버지의 호를 딴 만송정사晚松精舍를
만드실 꿈을 가지셨고
현판까지 만들어 놓으셨는데
끝내 이루시지 못하고 떠나신 것이
자식으로서 못내 죄송하고 가슴 아픈 기억으로 남아있다

무등산은 오늘도 대성당한약방 옛터를 말없이 굽어보고
광주천은 무심한 시선으로 세월을 실어 흘러가고 있는데

나는 가끔씩 나의 탯자리를 지나치면서
행복했던 한 시절의 가슴 저린 추억을 회상해 본다

해설

문을 열어 바라보는 풍광

_채수영

(시인, 문학비평가, 문학박사)

해설

문을 열어 바라보는 풍광

−하창호의 시집『사람 사는 세상을 그리다』

채수영(시인, 문학비평가, 문학박사)

1. 이성과 감성 그리고 시

시란 어떤 요소가 주로 작동하는가에 대한 문제는 오랫동안 회자(膾炙)하여 온 말이다. 이른바 파토스(Pathos)와 로고스(Logos)의 분리에는 자칫 중심을 일탈(逸脫)하는 문제를 가질 수 있고 일방성에 떨어질 때 시의 얼굴은 균형미를 갖지 못하는 우려를 할 수 있다. 여기서 균형이라는 말은 시인의 지적인 뇌수(腦髓)를 갖추어야 한다는 명제 앞에 선다.

그러나 모든 시인은 이 균형의 고민을 등한시하고 시를 쓴다. 왜냐하면, 시는 공식으로 써지는 글이 아니라 직관(直觀)에 따른 감수성이 가장 주요 덕목으로 작동될 것이다. 그러나 언어 운용의 고민은 시인의 경우 우선시 되어야 할 목록이 될 것이다. 이는 기교의 문제를 벗어나 기초적인 작업이 언어의 무게를 감득하고 언어의 숨결을 자기화하는 일이 될 것이기 때문이다. 달리 말하면 언어의 문제– 시적인 감각과 토운이나 조사(措辭)의 문제 등은 시인의 오랜 훈습(薰習)을 거칠 때 습득되는 일이기 때문이다. 때로는 부드러워야 하고 혹은 역동적인 강단(剛斷)이나 호흡에 일정한 맥락이 견지되어야 시적 탄력을 가질 수 있음은 모두 시어에서 나오기 때문이다. 하여 시인은 언어의 주술사가 되어야 하고 언어의 신에 예속된 존재일 뿐이다. 왜냐하면, 언어 밖으로 나간다 해도 궁극은 인간은 언어의 존재라는 명제 속에 살고 있고, 시는 인간이 살아가는 삶의 숨결을 그리는 언어의 예술이기 때문이다.

하창호 시인은 첫 시집『그리더니 아지요』출간 이후 8여 년의 세월이 경과한 이후에 두 번째 시집『사람 사는 세상을 그리다』를 상재(上梓)하고 있다.

사람 사는 세상은 존재의 바탕이 이룩되는 공간이다. 여기엔 인간과 인간이 체온을 나누면서 자기의 삶을 성숙시키고 또 생활에 담겨진 자잘한 것들을 소화하면서 자기를 이끌어 가는 공간이 된다. 이제 하창호가 그리는 세상의 풍경을 찬찬히 감상할 계제(階梯)이다.

2. 세상도(世上圖)에 담긴 표정

1) 풍경에 담긴 서정

시를 거론하는 데는 단연 서정성을 따진다. 물론 시의 구분에는 head의 주지적인 시인가 아니면 소월류의 서정성인 heart의 시인가를 구분한다. T.S.Eliot의 「황무지」를 단번에 이해하기란 매우 지난(至難)하다. 물론 시적 장치가 내재해있기 때문에 역설이라거나 상징의 의상을 벗기면 그 속살에서 감동을 불러오는 것은 마치 흑백필름에 빛을 쪼이면 실상이 살아나는 이치와 같은 시라면 소월류의 서정시는 읽어서 금시 이해할 수 있는 전제가 깔린다. 둘의 관계망은 서로 상보적인 관계로 출몰하기 때문에 한쪽으로 치우치는 판단은 어려운 일이다. 그리스의 여류시인 Sappho 이후 서정시는 시의 대명사로 자리잡은 것은 서정이 곧 인간의 정서를 가장 잘 나타내는 문장이라는 뜻이 함축된다.

하창호의 시는 서정성과는 궤를 달리한다. 서정과 주지의 중간을 왕래하는 인상을 줄 뿐만 아니라 리얼한 현실을 기술하는 특징이 있다. 특히 삶의 문제와 그에 따른 관심은 그의 시에 관류(貫流)하는 정신을 이루고 있음이다. 이제 한 편의 시를 옮겨 하창호의 시적 면모를 관찰한다.

밤새 비가 내린
새벽 아침

창문을 열면
눈앞에 불쑥 다가선

초록의 앞 산

한 조각 흰구름이
산 허리춤을 두 동강 내고
유유히 흘러가면

산봉우리는 졸지에
외로운 섬이 되고

아침 해가
섬 위에 솟아오르면
맑은 산천을 여는
성화의 불꽃이 된다

생기 찬 초록의 화폭에
날마다 그렸다가
다시 지우는
자연의 파노라마가 펼쳐진다

―「풍경 1」

　한 권의 시집 속에 감탄의 시 한 편이면 그 시집은 성공한 인
상을 남길 수 있다. 한용운의 시집 『님의 침묵』88편 중에 10여

222

편이 수작일 뿐 모두가 뛰어난 것은 아니다. 이는 모든 시인의 작품에 공통적인 현상으로 적용할 수 있을 것이다.

액자(額子)의 기법을 사용했고 시간은 여명(黎明)을 막 지났고, 공간은 시인이 거처로 상정(想定)해도 좋다. 창문을 열면 초록의 앞산이 담겨지고 이 화면에 구름이 흘러가면서 '산봉우리는 졸지에/섬이 되고'에서 시인의 기발한 안목이 발휘된다. 그 섬 위에 느닷없는 성화의 불꽃이 타오르고 화려한 경기장의 장면이 수시로 변할 때 액자에 담긴 풍경은 감탄을 수반한다. 뛰어난 이미지의 구축은 3연에서 결정된다. '흰 구름이 산 허리춤을 두 동강 내고'가 없다면 이 시는 밋밋한 표현에 그칠 것이지만 '두 동강 내고'에서 섬이 된 산봉우리 위에 불꽃이 화려를 장식하기 때문에 또렷한 인상을 강화한다. 아울러 그 화폭에 풍경은 수시로 변화하면서 호기심을 장악하게 된다.

2) 삶, 그 영원한 문제 풀이

하창호의 시집 『사람 사는 세상을 그리다』의 제목에서 느낀 바처럼 삶의 공간이 펼쳐지고 그 공간에 다양한 사람들이 왕래하고 떠들고 지나가는 풍경을 연상한다. 시인은 다만 보여주기(Showing)의 장면을 연출함으로써 독자는 스스로의 생각을 정리하고 때로는 간과(看過)할 수 있는 제시에 주목하게 된다. 다시 말해서 세상도(世上圖)를 보여주는 임무가 시인의 주요 과제일 뿐이다. 직접 시인이 간섭하는 강요가 아니라 제시함으로써 독자는 자기화의 소득을 얻어야 한다. 모든 철학은 인간의 삶에 대한 거론일 것이다. 각도를 달리해서 저마다의 논리를 펴지만 결국은 '어떻게' 살아야 하는가의 문제로 결론이 좁혀진다. 어떻게로 출발한 의문은 어찌라는 방법을 찾아 나서지만, 누구도 정답이라고 말한 사람은 없다. 그렇다면 시인은 어떤 생각으로 삶의 문제에 접근하는가?

사람이 산다는 것은
그냥 살아질 수만은 없는
난해한 문제

애초부터 정답이 없는 문제를 풀려고
발버둥치지 미리

우주의 한 점에 불과한 유한한 인간들이
모든 것을 안고 가려 해봐야
무슨 소용이 있으랴

─「산다는 것은」에서

난해한 문제요 그 해답을 찾기 위해 발버둥 칠 일이 아니다. 또한, 인간은 우주의 한 점에 불과하다는 결론이 도출된다. 풀어도 다시 풀어도 그 대답은 미궁의 깊이에 이를 뿐 정답을 찾아내는 일은 항상 미지수로 끝나는 일이라는 시인의 말은 경험이 쌓아 놓은 성찰(省察)로 보인다. 다만 산다는 것은 깃털처럼 하늘로 '사라지는 것'이라는 허무의 문 앞에 당도한 것은 비단 시인만이 아니라 모든 성인도 그렇게 대답했다. 예수도 그렇고 공자도 허무에서 탄식을 쏟아낸 말이 전부였기 때문이다. 산다는 공식은 이미 그렇게 정리되었지만 살아가는 존재에게는 항상 미지수의 대답을 들으려는 발심으로 갖고 사는 것이 정당한 이치일 것이리는 전제 위에서 삶의 다리를 건너려 한다

그 최초의 작품은 삶에는 무게가 있다는 제시이다. 한 몸을 이끌고 살아가는 일은 천근의 무게가 아니라 우주의 무게와 개인의 존재의 무게는 항상 같다. 왜냐하면, 내가 사라지면 우주조차 사라지는 일이 되기 때문이다.

아이야
이제 첫 걸음마를 시작한 너의
발걸음의 무게를 아느냐

우주의 중력을 머리에 이고
온갖 기대를 등에 지고
얄팍한 두 다리로
세상에 첫발을 내딛어야 할
발걸음의 무게를

연둣빛 생명이 초록으로 짙어지면

굵어진 두 다리 만큼이나
너를 흔들어대는 것은
파도처럼 밀려오는 거센 세파란다

언젠가 삶의 그물에 갇혀도
벗어나려 발버둥치지 말아라

그때가 바로 네 삶의 무게를 재는
세상이란 가장 큰 저울 위에
올라선 거란다

저울의 눈금이 흔들리다
멈춰 설 때
비로소 네게 주어진 삶의 무게를
깨달을 수 있단다

—「삶의 저울」

저울은 무게를 알기 위한 도구이지만 이는 교환가치를 알기 위함이 첫째이고 또 얼마나 의 중량이 되는가에서 저울은 비교가치의 수단도 된다. 시인은 시의 모두(冒頭)에서 '아이야'로 발걸음의 무게를 묻는다. 물론 아이가 알 수 있다는 전제가 아니라 오랜 시간 동안 체험으로 지나온 시인의 발성에는 그런 깨달음이 무게로 환산되기 때문에 행동거지에 조심과 두려움을 가지고 살아야 한다는 내면을 감추고 있다. 그 첫 번째는 거센 세파에 대한 염려를 건네려 한다. 또 앞선 사람들의 기대 또한 무게에 속한다. 잘할 수 있을 것이라는 자신을 갖고 살아야 한다는 교훈이 앞장서지만 삶은 공식이 있는 것은 아니다. 그때나 그날에 따라 수시로 변화를 감지하고 대응하는 지혜를 갖추는 일 또한 삶의 무게를 견지하는 일이 될 것이기 때문에 노파심의 발로로의 조언이 보편성을 갖는 교훈이다.

사람은 태어나서
가족이란 짐을 지고

성장해서는
사랑이란 큰 짐을 진다

살다보면 크고 작은 짐을
떠안기도 하고
떠넘기기도 하지만

한시도 삶의 짐을
부려놓지 못한다

─「짐꾼의 무게」에서

인간은 태어나서 두 개의 큰 짐을 지고 산다. 결코, 내려놓을 수 없는 부담이자 무게의 본질일 것이다. 첫째는 자아의 짐이고, 선택적이지만 두 번째는 가족이란 짐이다. 필연이고 변통할 수 없는 자아를 이끌고 세상을 살아가야 하는 일은 누구나 숙명처럼 받아들이는 짐이라면 이 무게는 생이 끝나는 날에야 비로소 가벼워진다. 공부라는 것 그리고 교우 관계나 친구 사귀기 혹은 대인관계의 원만을 위해 시시로 다가오는 부담을 조정하면서 살아가는 것이 나의 몫이다. 이 필연의 문제는 항상 다가오고 항상 지나가는 의식과 무의식의 상태가 번갈아 진행한다. 두 번째는 가족이라는 짐은, 태어날 때 부모와 형제의 관계는 필연적이지만 결혼은 선택적인 문제로 주로 가족의 짐이라는 어의는 여기에 한정한다. 결혼과 자식을 위해 직장을 선택하고 나날을 긴장으로 살아야 하는 일은 평생의 무게에 속한다. 벗어나면 무책임의 극치에 이르고 안온하게 가족을 보호하는 임무는 숙명의 업이다. 짐꾼의 무게로 비유했지만, 짐꾼은 노임을 받지만, 가장(家長)은 그런 대가가 없는 무한 헌신이 끝없이 이어지는 시간의 장거리 여행이다. 그렇다면 어떻게 살아야 할 것인가는 개인의 선택적인 문제로 한정된다. 몸으로 살것인가 아니면 마음으로 사는가 혹은 가슴으로 사는가?

인간의 두뇌가 발달되어 갈수록
인간성은 자꾸만 퇴보해 간다

두뇌는 물질을 부르고
물질은 이기심을 부른다

욕망으로 갈라진 가슴에
생명의 물을 적셔보자

가슴으로 들여다보는 눈은 지혜롭다
더불어 살아가는 혜안이 열린다
나만이 아닌
우리들의 삶의 길이 열리는

가슴으로 말하는 사람은 정직하다
백 마디 말보다 진정성이 느껴진다
서로를 신뢰하고
손잡고 나갈 수 있는

가슴으로 우는 사람은 정의롭다
불의에는 저항하는 지혜와 용기를
탐욕의 유혹에는
나를 제어할 수 있는

가슴으로 산다는 것은

우리들의 미래를 내다볼 수 있는
한줄기 희망의 빛이다

―「가슴으로 산다는 것」

　더러는 머리로 사는 사람도 있고 열정의 가슴으로 사는 사람
도 있을 것이다. 어느 것이든 개인의 선택은 보편성의 기준에
도달하는가의 기준이 중요해진다. 하창호는 가슴으로 사는 것
을 강조한다. 여기엔 그만의 전제조건이 있어 느껍게 한다. 문
제는 실천의 덕목을 어떻게 이행하는 가의 중요도라면 전제가
따른다.
　두뇌이 발달은 육신의 퇴화에 따른 필연적인 현상이다. 머리
를 굴리는 일은 이기심의 혹은 질투의 길을 넓히기 때문이다. 밭
을 일구고 노동으로 살아간다면 타인에 관한 관심은 없어도 된
다. 그러나 머리로 계산하고 따지는 일이 일상화되면 자연스레
꾀를 동원하고 여기서 속임수나 앞지르기의 반칙이 등장하는
일은 필연적인 문제로 파생한다. 물질의 축적을 위해 머리를 굴
리면 불편한 일들이 나올 수밖에 없기 때문이다. 이리하여 '욕망
으로 갈라진 마음에/생명의 물을 적셔보자'는 권유가 합당하게
대두된다. 그 첫 번째는 지혜로운 마음을 갖는 혜안이 된다는 점
이다. 눈이 밝아지면 세상의 이치가 보이고 그 길은 곧 나만의
길이 아니라 너와 나의 공존이 설정되기 때문이다.
　두 번째는 정직을 말한다. 바른 것은 옳은 것이고 옳은 것은

정당한 것이기에 세상을 평화롭게 만드는 첩경이 된다. 여기서 정직은 삶의 방도에 진리를 구현하는 길을 확보하는 수단일 것이다.

세 번째는 정의로움이다. 옳음이란 세상의 가치에 헌신하는 일이고 이로부터 너와 나의 평화정신은 믿음을 주게 된다. 믿음이 없는 사회는 이미 썩은 사회이기에 옳음을 가치로 세우면 찬란한 삶의 깃발이 펄럭이게 된다. 위의 세 가지는 앞장세우면 미래가 보이고 그 미래는 희망(希望)의 빛을 가져오는 길이 된다는 주장이 곧 〈가슴으로 산다는 것〉을 강조하는 이유가 될 때 〈사람의 향기〉가 세상을 환하고 밝게 포장한다.

나를 아는 것은 곧 살아가는 길을 찾는 것이다. 〈내 안의 숨바꼭질〉은 자기 찾기의 지난(至難)함을 강조한다. 왜 그럴까, 나는 곧 너를 아는 일이고 너를 반면교사 하면 나의 생의 의미는 더욱 확고한 바탕을 형성하는 일이 되기 때문이다. 사는 일은 곧 자아탐구라는 명제는 철학의 본질이고 마지막 명제일 것이다.

내 안에 가려져 있는
마음의 길을 찾아서 떠나보고 싶다

내 안에 숨어 있는
또 다른 나를 찾아
만나보고 싶다

―「내 안의 숨바꼭질」에서

자기를 알면 위대한 사람이다. "너 자신을 알라"의 소크라테스의 산파술은 곧 인간의 잠들어 있는 내면을 찾아 떠나야 하는 권유이지만 무지(無智)에의 지혜를 강조하는 우회적인 방편(方便)이었다. 나를 찾아내는 일은 불가능하지만, 끝없이 탐구하고 찾아 나서는 자세는 바른 삶을 위한 구체적인 방법이기 때문에 수천 년 동안 자아의 탐구를 강조한 교훈이다. 이로 보면 하창호의 시는 단순히 감수성을 즉흥적으로 나열하는 시인이 아니라 확실한 자기 탐구의 발판 위에서 그의 시적 전개를 나타낸다. 이는 경험의 원숙과 사고의 깊이가 담겨있지 않으면 겉돌기의 언어 유희(遊戲)이지만 진정성의 토로가 명쾌하다는 안도감이다.

3) 문 앞에서
사람이 나오고 들어가는 문은 무엇을 의미하는가?
일단 소통을 위함일 수도 있고 목적지에 당도한 마지막 관문의 역할일 수도 있다. 그렇다면 문이란 어떤 역할을 할까. 보호적인 측면도 있을 것이다. 추위를 막고 출입을 위한 문의 기능은 모든 동물에게는 문으로 향하는 길이 존재한다. 목적을 달성하고 안식을 취하는 면에서는 문은 위로의 공간으로 들어가는 의미에 이른다. 성벽에 문은 최후의 방어막이고 또 공격을 위한 출구의 역할일 것이다. 상징적으로 말하면 이 세상에 태어나면 세상의 문을 열고 나오는 것이고 죽으면 그 문이 닫히는 것을 의미한다. 또한, 마음의 문을 열라고 하면 그 문은 대상과 통합을 위한 의미가 될 것이다. 여기서 보이는 문과 그렇지 않고 현상의 문이 존재한다. 마태복음에는 "좁은 문으로 들어가라, 멸망에 이르는 문은 크고 그 길이 넓어서 그리로 가는 사람이 많지만, 생명에 이르는 문은 좁고 또 그 길이 험해서 그리로 찾아드는 사람이 적다"는 넓은 문과 좁은 문을 구별하여 어려움과 고난의 길을 지나야 한다는 문의 역설이 새롭다.

세상은 문으로 열리고
문으로 닫힌다

눈에 보이는 문과
보이지 않는 문으로

사람과 사람 사이의
보이지 않는 문은
열기도 닫기도 어려운
마음의 문이다

나를 열어 세상을 열고
나를 닫아 세상을 가두는

내가 문을 열고 나가면
세상은 따뜻해지고
거칠게 닫아 걸면
세상은 싸늘해진다

오늘도 열릴 듯
열리지 않는
무심無心을 채찍질 해본다

세상살이를 여는 문들이
두드리면 열리는
소통이었으면 좋겠다

인연이었으면 더욱 좋겠다

－「문 앞에서」

　문은 형이상학적인 의미가 마음으로 통한다. 대문을 들어서
면 집 안으로 들어갈 수 있고 또 안온한 가족의 분위기에 동화
될 수 있기 때문에 대문을 치장하고 문을 아름답게 만들기도 한
다. '우리는 두 번 같은 문을 통과하는 것이 아니고, 전에 통과
한 적이 없는 문에 들어가는 것이다'는 Eliot의 〈가족의 재회〉
에 있는 말이다. 영국 속담에 죽음의 문 이외에는 어느 문이나

닫을 수 있다 등은 문이 얼마나 많은 효능을 하는지 인간과의 관계를 설명하는 말들이다. 대문, 중문, 협문, 정문, 후문, 측문, 누문, 홍살문, 심지어 죽어 나가는 수구문까지 셀 수 없을 만큼 문의 이름은 다양하다. 그러나 열기도 닫기도 어려운 문은 보이지 않는 마음의 문이다

'나를 열면 세상이 열리고 나를 닫으면 세상이 닫히는 것처럼 내가 문을 열고 나아가면, 세상은 따스해지고 믿음의 길이 열린다. 자물쇠를 채우는 것이 아니라 개방된 문일 때 세상의 이미지는 다양한 안도감을 준다. 성벽의 문은 위압감을 주지만 개방된 문을 바라보면 편해지고 안도감을 갖고 주인의 연상도 부드러워진다. 그러나 시인은 '오늘도 열릴 듯 열리지 않는/무심을 채찍질 해본다'에 자기 수련의 방도를 찾아 나서는 모습이 선연하다. 이는 인연과 인연의 매듭이 원만하기를 소망하는 시심(詩心)이 보인다.

창문을 열면 세상이 다가온다. 반면에 닫으면 천정과 사면의 벽이 스스로를 가둔다.

흐트러진 세상길을 걷다
숲길에 들어서면

오솔길을 따라
피고 지는 상념들은
한 편의 시가 되고

한 폭의 수채화가 된다

숲속에 누워
초록하늘을 바라보면
생명의 신비가 태동을 한다

숲을 헤집는 빛의 터널에서
잉태를 하고

새들의 늘푸른 화음에
생명이 자라나며

반짝이는 잎새에서
미소 짓는 갓난아기의
묵음을 듣는다

－「숲의 울림」에서

　숲을 닫혀진 공간으로 생각하면 무의식의 벽이 쳐진 상징이
된다. 그러나 그 숲을 열고 들어가면 오솔길을 따라 '시가 되고
수채화가 '보이는 공간이 열린다. 더불어 숲속에서 문을 열고
하늘을 바라보면 '생명의 신비'가 다가오고 반짝이는 잎새의 '묵
음을 듣는다'와 생명의 '향기'를 얻을 수 있는 상징의 문이 시인

의 마음에는 환한 햇살이 비치는 연상이 다가든다. 그만큼 밝음을 지향하는 시인의 마음이 열려있음을 암시한다. 하창호의 시는 그런 정서가 주조를 이루고 있어 가볍지 않고 또 둔중(鈍重)하지 않은 적당을 유지하여 좋다.

4) 종교

종교란 마음의 거울을 닦는 수양이다. 그러나 요즘 종교는 이익과 편견과 아집에 사로잡혀 편견만으로 신을 불러들이는 구호의 공간이 되었다. 신이 있음 보다 오히려 없음이 조용할 것이라면 오늘의 종교는 반성의 목록이 나열된다. 왜, 붉은 빛깔의 십자가가 밤을 위협해야 하는가? 붉은 십자가를 보고 찾아간다면 이미 소용을 상실했다. 왜냐하면, 공해의 요소이기 때문이다.

「그들의 신은 말한다」, 「위대한 실수」, 「이래서는 안 되는 것들」 등은 종교문제가 예리한 의식으로 표출되었다. 물론 종교는 없음보다는 있어야 하고 오로지 마음의 길을 닦아 자기 정화의 도구로 신을 받아들일 때 종교는 정신 건강을 보지(保持)할 수 있음에서 필요한 명칭이다.

종교가 정치와 손을 맞잡으면
머리에 뿔이 달린 괴물이 태어난다

그들의 우두머리는

성역의 담장을 높이 쌓아 올리고
권력을 향한 지렛대를 설치한다

입에 발린 신앙으로
착한 신도들을 현혹하고

신은 보일 듯 보이지 않는
검은 장막에 가리워진다

그들은 신을 팔아
신자들을 노예로 삼고

기름기 번지르르한 세치 혀로
신의 뜻을 외치면서
정작 그들은 신을 외면한다

정치는 권력이란 욕망에 눈이 멀지만
종교는 사랑의 나눔 실천에
눈을 떠야 하거늘

이래서는 안 된다
가는 길이 달라야 한다

맞잡은 손을 놓고
제 갈 길을 찾아가는

아름다운 이별을 서둘러야 한다

―「이래서는 안 되는 것을」

종교의 타락은 심각한 후유증을 낳는다. 왜냐하면, 종교는
믿음의 줄기를 세우는 일이기에 자칫 맹신으로 흐르는 길을 넓
히기 때문이다. 아마도 작금에 어떤 목사의 소행을 지적하는
것 같다. 한 정권의 타락을 울부짖는 거대한 분출에 우쭐하여
정당을 만드는 순간 그 행위는 정당성을 잃고 소박했던 사람들
의 마음에 소금을 뿌린 일이 있었다. 입으로는 신을 팔고 속으
로는 욕망을 계산하는 일은 이미 속죄의 길이 열린 것이다. 종
교는 '사랑의 나눔과 실천'에 처음과 같이 있는 것이라는 말에
긍정을 보낸다. 아울러 신에 간구하는 행위에 제동을 걸어야
한다. 왜냐하면, 이는 기복(祈福)신앙이기 때문이다. 종교는 하
늘에 가는 데 필요한 상징이 아니라 자기 정화를 위한 길을 닦
을 때 참된 용기와 희망의 빛을 가질 수 있을 뿐이다.

이렇게 완벽한 조물주도 미처 예측하지 못한
단 하나의 실수가 있었으니

자연계의 이단아로 불리우는
인간을 만드신 것이다

오로지 이기심과 탐욕에 쩔어
자신들의 이익을 위해서는
자연 생태계를 무참히 파괴하는 유일한 생명체다

먹이사슬의 맨 꼭대기에서 조물주 흉내까지 내는
갈수록 오만방자 해지는 인간들이다

조물주는 언제까지 지켜만 보고 계실까

—「위대한 실수」에서

　먹이사슬의 상층부에서 이기심과 전쟁과 질투와 맹종을 강요
하는 인간에 질타의 뜻이 매섭다. 심지어 조물주 흉내까지에 이
르면 철퇴를 맞아야 할 인간의 모습이다. 이미 2017년에는 이
른바 AI 종교가 미국에서 등장했다. 아마도 로봇 목사가 딥 마
인드의 축적에 의해 더 유려하고 심도 있는 설교를 할 것이다.
　필자는 오늘날 두 개의 인류가 공존하는 세기가 되었다고 주
장한다. 즉 로봇 인류와 체온의 인류가 공존하는—지금도 모든
분야에 이런 현상은 급속도로 퍼지고 있다. 심지어 소설은 로
봇이 더 잘 쓴다는 말에 이르면 인류의 앞날에 종교의 문제는

또 다른 개혁의 물살이 몰려 올 공산이 클 것이다. 인간의 오만과 타락의 손길을 멈추고 참된 종교의 신심으로 돌아가야 존재할 수 있다는 예언이다.

5) 가족

아버지를 닮은 것은 자식이다. 성문(聲紋)에서 성격 또는 행동거지까지 은연중에 닮는다. 이는 〈대성당 한약방을 추억하다〉를 읽으면 하시인은 아버지의 길이 보인다. 품위와 고상함이 있었고 이를 위한 어머니의 헌신이 보이는 것은 하시인의 작품에서 느끼는 강골 정신이 느껴지기 때문이다. 세상을 바라보는 눈이 밝고 마음이 너그러울 때, 대성당한약방의 아버지 모습은 은연중에 아들에게로 유입되었다는 뜻이다

사시사철 은은한 한약내음이 감도는 집안에서 자란 나는
어렸을 적부터 조그만 쇠절구로 약을 찧거나
조금 커서는 작두로 한약을 썰며
아버지의 바쁜 일손을 도와 드렸다

환자가 뜸한 날이면 아버지는 틈틈이
광주공원에 있는 향교에 가셨고
때때로 친구 분들이 찾아오실 때면
어머니가 차려주신 소박한 술상에
한약으로 빚은 약주 한잔을 기울이시며 담소를 나누고

때로는 친구 분들과 시조를 읊으시기도 하셨다

　　−「대성당 한약방을 추억하다」에서

　　너그러움과 자애를 느끼는 부분이다. 또 '시조를 읊으시기도 하셨다'의 맥을 이어받은 하창호 시인의 품성과 동물을 살리고 치료하는 임무 또한 아버지의 역할과 다름이 없다는 점에서 아들은 아버지를 닮았다. 물로 어머니의 헌신이 있었고 이를 바라보고 자란 시인에게는 그리움의 줄기가 애잔하다. 「며느리와 꽃나무」, 「아내의 냄새」, 「다듬이질과 어머니」, 「손주의 마법」, 「부부」, 「아내의 미소」, 「손녀의 향기」, 「명절 손님」 등 가족에 대한 자상함은 아내와 며느리와 손주에 이르기까지 골고루 사랑을 전달하고 있는 모습이 선연하다.

　　주방에서 요리하는
　　아내의 뒷모습에서
　　문득 짠한 냄새가 묻어난다

　　코를 자극하는 냄새가 아니라
　　눈을 맵게 하는 냄새다

　　하루의 절반을
　　손끝으로 갈무리 하며

세월을 끓여내고
정을 우려내는 냄새가 아려온다

―「아내의 냄새」에서

아내의 헌신에 눈물이 난다. 이는 진솔함에서 감동을 받은
시인의 마음이다. 자식을 키웠고 남편의 뒷바라지를 위해 헌신
과 희생이 긴 세월의 층을 이루면서 다가 들 때, 감동을 느끼는
시인의 마음이다. '세월을 끓여내고' '정을 우려내는' 아내의 마
음에는 오로지 가족을 위한 마음이 순수와 투명성에서 감동을
준다.

3. 조화의 문 열기

시는 정서의 유출이고 이를 표현하는 기교일 때, 시의 임무
에는 의미가 담겨진다. 이 임무는 시인이 주장하고 싶은 의미
의 줄기일 것이다. 물론 한 편의 시 속에는 의미와 회화성과 리
듬이 담겨있어야 한다는 각론이 있지만, 가장 중요한 것은 경
험의 문을 열어 채색의 풍경을 만드는 일이 있어야 한다. 이때
비로소 독자는 마음의 문을 열고 동화의 박수를 보내게 된다.
하창호 시인의 시는 다소 완강한 주장이 앞선다. 이는 선비
의 강골 정신이 연면함을 부친으로부터 물려받은 것 같고 시의

흐름도 그런 맥락을 유추하게 된다. 가족을 사랑하고 세상을 편한 마음으로 바라보면서도 굳은 뼈를 보이는 것은 시의 깊이에서 느끼는 인상이다. 그만큼 개성 있는 생을 시에 연결하는 뜻이 우선할 것 같다.